大偵探福爾摩斯

SHERLOCK HOLMES

資料大全

The Secrets of the Great Detective
Sherlock Holmes

The Secrets of the Great Detective Sherlock Holmes

CONTENTS ●目 錄

福爾摩斯的角色檔案

福爾摩斯
Sherlock Holmes

　　福爾摩斯還是大學生時，就已經偵破案件，從而開啟了他的偵探之路。畢業後 6 年，福爾摩斯於倫敦當上了諮詢偵探，一做就 23 年，並在 60 歲過後，選擇退休養蜂。福爾摩斯很少談自己的家族背景，但他有一個當政府智囊的哥哥邁考夫 (Mycroft Holmes)。

　　根據華生形容，福爾摩斯像貓般愛清潔，但同時卻不修邊幅地會將東西隨處亂放。福爾摩斯不善交友，平常喜歡一個人獨處，訓練自己的思考方式。直至後來與華生合租房子，他才慢慢改變了自己的生活。

接下來解開關於福爾摩斯的 18 個謎題！

Q1 福爾摩斯的生日是何時？ | 1854年1月6日。

《最後致意》發生於1914年，當中提及福爾摩斯已60歲，故此他極有可能出生於1854年。而美國的福爾摩斯書迷會「BSI」則在每年1月6日為福爾摩斯慶生。

CHECK!

「BSI」即「貝格街少年隊」的簡稱，在小說中是福爾摩斯的小助手。而在現實中，則是成立於1934年的書迷會。

夏洛克・福爾摩斯
Sherlock Holmes

Q2 福爾摩斯的家族背景是怎樣？ | 福爾摩斯家景不俗，家族世代也是大地主。

福爾摩斯在《希臘語譯員》中提及自己祖先代代是田地領主，而祖母是法國畫家凡爾奈（Vernet）的妹妹。

Carle Vernet 的畫作

CHECK!

現實中名叫凡爾奈的法國著名畫家有 Claude Joseph Vernet、Carle Vernet 及 Horace Vernet。雖然柯南・道爾並未明言，但由年代看來，普遍認為福爾摩斯的舅公為 Carle Vernet。

Q3 福爾摩斯會怎樣的格鬥術？ | 巴頓術（Bartitsu）。

雖然書中並未明確指出，但相信福爾摩斯所使用的是 1890 年代末頗為流行的巴頓術。那是由英國人巴頓所創，集合柔道、拳擊、摔角、法國踢腿術及紳士棍術的防身術。

→巴頓術

↑福爾摩斯以巴頓術對付莫里亞蒂。

CHECK!

在《空屋》中，福爾摩斯說自己使用的是巴流術（Baritsu），而非巴頓術（Bartitsu）。但到底是柯南・道爾刻意改寫，還是出版社誤植文字，就不得而知了。

Q4 福爾摩斯有甚麼嗜好？ | 他的嗜好很廣泛，除聽音樂、看書外，還喜歡化學研究。

彼得拉克

福爾摩斯看書相當多。當中不但有《聖經》、百科全書、《惠特克年鑑》，還有《樹木崇拜的起源》、《彼得拉克詩集》等不同種類的文藝書籍。而從談話中推測，他似乎還看過《莫爾格街兇殺案》及《勒滬菊命案》等偵探小說呢。

CHECK!

彼得拉克是十四世紀的意大利詩人，作品大多描寫他追逐一名叫蘿拉的虛幻女性的戀愛心理。自言不喜歡談情說愛的福爾摩斯，竟然會看如此浪漫的詩集，可真令人意外呢。

Q5 福爾摩斯查案會用甚麼工具啊？ | 煙斗、放大鏡、拉尺、手槍、小提琴、化學工具等等。

福爾摩斯在推理時會不斷吸煙斗，而因使用過度而變黑色的陶瓷煙斗是思考時用，櫻桃木煙斗則是辯論時用。

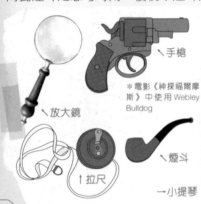

↘手槍

＊電影《神探福爾摩斯》中使用 Webley Bulldog

↘放大鏡

↑拉尺

↘煙斗

→小提琴

Q6 福爾摩斯很喜歡戴獵鹿帽嗎？ | 不是啊。

其實原作從未提及福爾摩斯戴上獵鹿帽，最多只是《銀斑駒》描寫他戴着「有耳蓋的旅行帽」。可能由於獵鹿帽在當時非常流行，所以小說插畫家佩格（Sidney Paget）就將之畫成獵鹿帽，久而久之，福爾摩斯的獵鹿帽形象就深入民心了。

角色檔案

Q7 福爾摩斯最喜歡的餐廳是？ | Simpson's in the Strand

在小説中，福爾摩斯曾經三度光顧這間餐廳。一次是在《垂死的偵探》中，絕食三天後前往光顧。另外則是在《顯赫的顧客》中，兩次跟華生相約在此餐廳會合。

CHECK!

Simpson's 開業於 1828 年，前身是國際象棋會和咖啡店，後來發展成為一間高級餐廳。此餐廳現今還在倫敦營業呢。

角色檔案

Q8 要怎樣形容福爾摩斯的性格？ | 矛盾人格與孩子氣。

有正義感同時反社會、冷酷同時有人情味、時而暴躁，時而愁鬱，福爾摩斯的性格其實頗為矛盾。即使欠房租，也只接受感興趣的案件；在《第二血跡探案》中，他把密函放到餐盤中，都可看到他孩子氣的一面。

Q9 福爾摩斯有甚麼缺陷或弱點？ | 沒甚麼朋友。

　　稱得上福爾摩斯朋友的除了華生，就只有大學同學維德（Victor Trevor）。而因為沒甚麼朋友，所以福爾摩斯有時會過分依賴華生的存在，很多時就算沒有必要，都會要華生跟他一起調查案件。

CHECK!

福爾摩斯大學時代，曾經因為被狗咬傷腳踝而要躺床十日。自此以後，他就不太喜歡狗隻了。在《四個簽名》中，他雖然借名犬協助調查卻忘了餵飼呢。

Q10 福爾摩斯破解了多少案件？ | 580 宗以上。

　　在《巴斯克維爾的獵犬》中，福爾摩斯説自己處理過 500 宗重要案件。而在這之後，華生記錄了 53 宗案件，並在內提及 35 宗未詳述的案件，所以福爾摩斯最少處理過 588 宗案件。

福爾摩斯從事偵探工作大約 23 年，以調查過 588 宗案件去計算。即大約每年處理約 26 宗案件。

↑ 這些未詳述的案件激發了一些作者為其編寫後續的靈感。

Q11 福爾摩斯是左撇子，還是右撇子？ ▌右撇子。

原作中並未明言福爾摩斯擅用左手還是右手，但在《四個簽名》中有提及「他隨手掏出左輪手槍，裝上兩顆子彈，放回他大衣右邊口袋。」因而可判斷出福爾摩斯是右撇子。

一原作插圖中，也顯示出福爾摩斯是右撇子。

"HOLMES WAS WORKING HARD OVER A CHEMICAL INVESTIGATION."

Q12 福爾摩斯隨身帶備放大鏡？ ▌是的。

在《血字的研究》、《紅髮會》、《身份之謎》、《綠玉冠探案》、《諾伍德的建築師》及《黑彼得》中都有描寫福爾摩斯隨手拿出放大鏡，可見他真的隨身帶備。

節錄自《血字的研究》
福爾摩斯快速地從口袋裏掏出一個捲尺和一個又圓又大的放大鏡。他手執這兩件工具，在屋裏默默地走來走去，時而站立，時而跪下，甚至趴在地上。

節錄自《紅髮會》
福爾摩斯跪在石板地上，拿着提燈和放大鏡仔細檢查石板與石板之間的夾縫。片刻之間，他就已經檢查完畢，然後站起身來，把放大鏡放回口袋裏。

Q13　福爾摩斯愛用瓢煙斗？ ▎不是。

　　原作中只提及福爾摩斯使用石楠木煙斗、櫻桃木煙斗及陶製煙斗三種。舞台演員威廉·祖列堤（William Gillette）扮演福爾摩斯時，為免煙斗妨礙觀眾看清其臉孔，所以使用了瓢煙斗，令福爾摩斯吸食瓢煙斗的形象深入民心。

↑瓢煙斗

↑石楠木煙斗

↑櫻桃木煙斗

↑陶製煙斗

Q14　福爾摩斯與華生的文學修養誰較高？ ▎福爾摩斯。

　　雖然華生曾經批評過福爾摩斯沒有文學知識，然而福爾摩斯卻明顯讀過包斯威爾、莎士比亞和歌德的作品，甚至隨身攜帶《彼特拉克詩集》。文學修養和閱讀量都要比起熱愛通俗小説的華生高。

↑包斯威爾是英國著名的傳記作家。

↑莎士比亞的作品來到近代也人所共知。

↑歌德以《浮士德》及《少年維特的煩惱》而聞名。

角色檔案

$Q15$ 為甚麼福爾摩斯與華生這麼熟稔，也不直呼其名？ | 出於禮貌。

當時英國上流社會，只會對家人才直呼名字，再熟稔的朋友也得稱呼其姓氏。

華生，你突破盲點了

網民常用「華生，你突破盲點了」來讚揚人們發現真相，但事實上這句對白跟英文常用俚語「Elementary, my dear Watson」一樣，從未在原作出現。據考究，「Elementary」一句源起於 1899 年福爾摩斯舞台劇的對白，但「突破盲點」從何而來，卻是不得而知，硬是要說的話，「Exactly, my dear Watson」這句對白倒是有在原作中使用過 3 次。

你好呀，夏洛克。

你好，約翰。

↑ 這種稱呼在當時是相當無禮的！

$Q16$ 福爾摩斯的智商（IQ）有多高？ | IQ190。

美國作家約翰・韋福（John Radford）用多種方法驗證出福爾摩斯的 IQ 高達 190。順帶一提，愛因斯坦的 IQ 為 160。

CHECK!

根據 The World Genius Directory 的資料顯示，現今只有 3 個人的 IQ 是高於 190，其中「世上最聰明的人」伊華基洛斯（Evangelos Katsioulis）IQ 高達 198！

福爾摩斯 IQ190

愛因斯坦 IQ160

一般人平均值 IQ 84~115

角色檔案

Q17 沒查案的日子福爾摩斯會做甚麼？ | 撰寫研究論文。

　　除了聽演唱會、拉小提琴外，福爾摩斯也常常撰寫論文。其著作包括《各種煙灰的鑑別方法》、《以石膏保持足跡》、《人類的耳朵》及《職業對手形造成的影響》等等。

一拉小提琴是福爾摩斯的喜好。

Q18 福爾摩斯查案時吃甚麼來保持腦筋清醒？ | 甚麼也不吃。

　　福爾摩斯認為飲食會讓血液流向胃部，影響腦袋的運作，所以推理期間都不進食。不過現代科學指出，空肚不但影響健康，而且還會因為缺少吸收糖分，而影響腦袋運作。

CHECK!

在《四個簽名》當中，福爾摩斯説自己是個治家能手。在 30 分鐘內就煮好了生蠔、野雞和特選白酒為主的晚餐。可見他雖然工作起來就不想進食，但在平時還是相當享受美食。

角色檔案

12

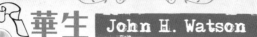

華生 John H. Watson

華生是一名醫生，也是福爾摩斯的摯友。在福爾摩斯 23 年的偵探生涯中，他相隨了 17 年，記錄了福爾摩斯不少探案的故事。

↑《大偵探福爾摩斯》的華生。

↑華生被推斷曾三度結婚，是基於這原因才離開福爾摩斯嗎？

在《垂死的偵探》中，福爾摩斯為免被發現裝病，而阻止華生為他診症，由此可見華生的醫術其實頗為高明。

即使相交十數載，華生跟福爾摩斯的友誼並未長存。華生曾說過：「我跟福爾摩斯的關係比誰都親密，但還是感覺到二人之間存在隔膜。」而福爾摩斯在退休後亦很少跟華生見面。

你知道嗎？

- 一般推測華生比福爾摩斯年長 2 歲。
- 在《福爾摩斯》60 篇故事中，只有 4 篇並非由華生作記錄。
- 在最初設定中，華生一角原本名叫奧蒙德·沙克（Ormond Sacker），後來才改用華生作名字。

雷斯垂德探長
Inspector Lestrade

蘇格蘭場的老練幹探，在《血字的研究》初登場時，已經在警界工作了20年。由於福爾摩斯從沒彰顯自己的功名，所以在大眾心目中，雷斯垂德是破了不少奇案的名探長。

╱李大猩的原型來自雷斯垂德探長。

你 知 道 嗎 ？

- 英國作家 M. J. Trow 借用雷斯垂德探長作為主角，創作過多達 16 本小説。
- 《福爾摩斯》其中 13 篇故事有他的戲分。

雖然看似是狐假虎威，但就連平時喜歡揶揄警探的福爾摩斯，也曾讚賞過他，並在自己假裝死亡後，通知他協助拘捕莫里亞蒂餘黨，顯示對他充分信任。

格森探長
Inspector Gregson

←狐格森的原型則是格森探長。

杜比斯·格森探長 (Tobias Gregson) 雖被福爾摩斯稱為「全蘇格蘭場最聰明的人」，但破案每每依靠福爾摩斯。作為探長，他思想比較靈活有彈性，例如在《希臘語譯員》一案，他贊同福爾摩斯破窗而入的做法，因而拯救了一條性命。

角色檔案

艾琳·艾德勒 Irene Adler

　　生於美國，後移居英國的歌劇女低音歌手。與波希米亞國王曾有過一段情，收藏着兩人的情書和相片。福爾摩斯受託取回緋聞相片，卻被艾琳所騙，未能完成任務。

　　她是福爾摩斯唯一另眼相看的女性。福爾摩斯提及他曾敗給男人 3 次，女人 1 次，大家相信那個女人就是艾琳。

你 知 道 嗎 ？

- 普遍相信艾琳的設定來自歷史有名的美女，與威爾斯王子有過一段情的女歌手莉莉·蘭特里（Lillie Langtry）。

詹姆斯·莫里亞蒂
James Moriarty

　　福爾摩斯的最大敵人。表面是著名的天才數學家，實際上卻是被喻為「犯罪界的拿破崙」，統治英國罪犯的首領，他的智慧跟福爾摩斯不相伯仲，福爾摩斯須使出同歸於盡的手段才能把他解決。

你 知 道 嗎 ？

- 莫里亞蒂的參考原型，普遍認為是靈感來自阿當·禾夫（Adam Worth）及祖尼芬·威爾（Jonathan Wild）。

阿當·禾夫（1844~1902）被蘇格蘭場形容為「犯罪界的拿破崙」，雖然從事犯罪卻待下屬如紳士，最後也是因救援同伴才被捕。

祖尼芬·威爾（1682~1725）著名的賞金獵人，捕捉過不少賊匪。然而不少罪案其實由他在背後操縱，藉此賺取獎金和名聲。

愛麗絲 Alice

愛麗絲是房東太太親戚的女兒，口齒伶俐。她常為房東太太追討欠租，連福爾摩斯也怕她三分。雖然她只有十二、三歲，但甚具偵探頭腦，在調查案件時，每每洞悉福爾摩斯的想法。
→愛麗絲是《大偵探福爾摩斯》的原創角色。

赫德森太太 Ms. Hudson

赫德森太太是福爾摩斯的房東。根據華生所述，她非常容忍福爾摩斯，即使福爾摩斯在室內開槍、亂做實驗也好，赫德森太太也沒多作投訴，原因之一，是因為福爾摩斯所付的租金非常高，足以把整座221B買下。
→在《大偵探福爾摩斯》中，房東太太也有出場喔。你記得是哪一集嗎？

貝格街少年隊 Baker Street Irregulars

替福爾摩斯收集情報的街童隊伍，頭領名叫威金斯（Wiggins）。在《四個簽名》中，有一個章節是以他們命名的。

扒手出身，在福爾摩斯訓練下，成為少年偵探隊隊長，是查案的好幫手。但愛多管閒事，常搞得福爾摩斯和華生啼笑皆非。

小兔子

少年偵探隊隊員，流落倫敦街頭的街童，聽令於小兔子，協助收集街頭的情報。手腳麻利，辦事效率高，但因愛四處亂跑而常撞板。

小老鼠

少年偵探隊隊員，流落倫敦街頭的街童，聽令於小兔子，協助收集街頭的情報。與其膽大的性格和壯健的體形相反，他很容易哭。

阿猩

少年偵探隊隊員，流落倫敦街頭的街童，聽令於小兔子，最擅長收集街頭的情報。雖然膽小怕事，但在危急關頭就會挺身而出。

小胖豬

少年偵探隊隊員，流落倫敦街頭的街童，聽令於小兔子，協助收集街頭的情報。吱吱喳喳愛說話，最會從師奶口中套取有用情報。

小麻雀

少年偵探隊隊員，流落倫敦街頭的街童，聽令於小兔子，協助收集街頭的情報。動作緩慢得像隱形，故精於監視而不會讓人發覺。

小樹熊

案中10大兇犯！

在《大偵探福爾摩斯》系列芸芸罪犯之中，有很多都是心狠手辣的人。現在由厲河老師和編輯部選出 10 個最兇惡的犯罪者，一起來看看吧！

他們都是窮兇極惡之輩呢！

要對付他們真不容易啊！

第1位

刀疤熊

出場集數：第 18 集《逃獄大追捕》
　　　　　第 32 集《逃獄大追捕 II》

曾犯下殺人罪，被判處終身監禁，首次在故事出場時他已被關在監獄 15 年，是囚犯中的老大。他曾脅迫騙子馬奇助己逃獄，卻反被對方利用，未能得逞。一年後終於成功越獄，並擄走馬奇的女兒，企圖藉此報仇和要脅對方交出財寶。為人心狠手辣，為達目的，不惜犧牲同伴的性命。

18

第2位 諾丹雄

出場集數：第 20 集《西部大決鬥》

專幹殺人越貨、無惡不作的黑幫首領，橫行美國西部。身材高大健碩，拔槍快如閃電，是西部著名的神槍手。他與一眾手下在一個小鎮，與當地警長和檢察官狼狽為奸，設下金融騙局騙取鎮民的財產。

第3位 約翰‧克萊

出場集數：第 8 集《驚天大劫案》

倫敦四大盜之首，擁有皇族血統，也是牛津大學的高材生。為人高傲自負，不但聰明絕頂，更具膽色。他和手下企圖搶劫運送金幣的火車，其間更與李大猩和狐格森展開槍戰，但無功而還。及後策劃另一打劫行動，卻陷入了福爾摩斯設下的天羅地網。

第4位 格斯比‧羅洛特

出場集數：**第4集《花斑帶奇案》**

名門之後，原是醫生，曾在印度行醫。性格野蠻粗暴，更常對人使用暴力，甚至據傳殺過人。而且，他力大如牛，曾將一個得罪他的男人舉起，扔到河中。他為了阻止福爾摩斯查案，竟親自上門以武力要脅，可見其喪心病狂的程度！

第5位 荷夫曼

倫敦軍事科學院院長，兼任退伍軍人慈善基金會的主席。原是軍人，在阿富汗的戰場立過不少軍功。故事開始時官拜上校，曾在戰場附近的村莊處理過一宗姦殺案，兩年後以少將的軍階退役。後來遭遇炸彈勒索案，並間接將福爾摩斯等人捲入其中。他表面上德高望重，其實是個徇私枉法的卑鄙小人。

出場集數：**第26集《米字旗殺人事件》**

第6位 漢斯・史葛

出場集數：**第 23 集《幽靈的哭泣》**

身高 6 呎，是案件委託人小克的大舅舅，也是小克二舅文斯的攣生大哥，經營一間珠寶店。生性貪財勢利，為得更多金錢，變得兇狠無情，不惜對親人痛下毒手！

第7位 李寮・布盧姆

出場集數：
第 19 集《瀕死的大偵探》

大不列顛醫學院教授，也是倫敦首屈一指的傳染病專家，研究黑死病多年，希望研製出特效藥。性格陰險冷血，視人命如草芥，為了掩飾自己的罪行，甚至企圖殺害福爾摩斯。

10 大兇犯

第8位

布烈治

出場集數：第30集《無聲的呼喚》

　　負責調查兇殺案的巡警之一，性情剛烈固執，對妨礙自己的人絕不留情。他以自身職權之便，將殺人罪行嫁禍別人。直到事件曝光，就不顧一切，誓要將目擊證人殺掉！

第9位

尼爾·吉布森

出場集數：第11集《魂斷雷神橋》

　　早年於美國任消防員，後到巴西掘得金礦而發跡，之後移居英國，是著名的金礦大王兼富甲一方的金融界鉅子。為替自己所愛洗脫殺人嫌疑，親自聘請福爾摩斯查案，但其實暗中設局以圖騙盡所有人。個性粗暴自大、薄倖無情，為得自己所想，會不擇手段。

第**10**位

艾克

出場集數：
第 14 集《縱火犯與女巫》
科學鬥智短篇「縱火犯」

馬車維修工場的工人，狡猾殘忍，為偷取錢財不惜殺人，並故佈疑陣，以圖脫罪。

福爾摩斯先生好厲害，竟抓到這些兇犯。

説甚麼！我才是捉拿犯人的主角啊！

福爾摩斯
身處的年代

黃金時代

　　福爾摩斯開業之時，正是維多利亞時代的黃金期。電話、汽車、電燈的普及，帶動產業革命和經濟發展。當時 1 英磅大概等於現在 1500 港元，所以福爾摩斯在《波希米亞醜聞》所收的報酬，其實高達 1500000 港元！

↑《大偵探福爾摩斯》中描繪的貝格街。

一 19 世紀的貝格街，走在路上的還是馬車。

一 2015 年的貝格街，沒有香港般的摩天大樓。

收入比較

雖然福爾摩斯看似收入不少，但其實很多時他都是不收分文純為興趣而查案。不過按道理來說，他應該不會窮得要跟華生一起合租房子，所以可能是作者柯南·道爾為方便推進故事的安排。

一般家庭教師	年薪約 50 鎊（75000 港元）
《歪嘴的人》行乞收入	年收約 700 鎊（1050000 港元）
《波希米亞醜聞》報酬	1000 鎊（1500000 港元）

維多利亞時代
的貨幣
Direct scan by
John Alan Elson
[CC BY-SA 3.0]

←《四個簽名》中曾提及的蘭心大劇院。

一波希米亞國王所入住的朗廷酒店。

←大笨鐘建於 1859 年，比福爾摩斯還後生呢。

一倫敦塔橋可不是唱 "Fallingdown" 的那道橋呀。

警察與罪犯

文明進步，加劇了社會貧富懸殊，也因而導致犯罪率飆高。雖然蘇格蘭場國際知名，但由於警察制度不完善，導致破案率偏低，人民普遍不信任他們。這點也可從福爾摩斯挪揄警探中窺得一二。

↑ 19世紀的蘇格蘭場，部分設計跟香港的舊中區警署有幾分相像。

↑ 1888年的畫作，諷刺當時警方無能。

↑《大偵探福爾摩斯》中李大猩辦案的警局。

一現今的蘇格蘭場已經面目全非了。

傳說的開膛手

　　1888年，開膛手傑克的出現，更突顯了當時警察的無能。傑克連環殺害5名女性，並在犯案期間多番寄信挑釁，卻始終未有被捕。很多人奇怪，為甚麼福爾摩斯沒有調查此案。其實，柯南·道爾曾私下調查，並推斷兇手是個女性。

→相信是開膛手傑克所寫的挑釁信件。

爐火與照明

　　愛迪生於1879年發明電燈泡，但在福爾摩斯時期仍未普及，人們大多使用蠟燭或油燈作照明。大部分房子都建有壁爐，除用作取暖外，也被視為室內裝飾設計的一部分。

→福爾摩斯站在壁爐前跟華生對話，在壁爐上還有一盞油燈。

食物與飲料

由於雪櫃尚未發明，所以當時食材都要儘快處理。《海軍協約》中，房東太太為福爾摩斯製作咖喱雞早餐，某程度上也是為了用辛香料掩飾雞肉的不新鮮。

飲品方面，書中多番描寫福爾摩斯喝酒，但除了酒以外，那時候英國也相當流行喝茶。另外，直至 1886 年，可樂發明之前，人們還會在家中自製碳酸水呢。

←福爾摩斯家中亦設有碳酸水製作器。下半部分裝水，上半部分則裝碳酸氫鈉和酒石酸。三者混合後就能產生碳酸水。

Photo Credit : "Seltzogene" by Sobebunny [CC BY-SA 3.0]

→英國人喜歡喝茶，但實際上他們是 17 世紀接觸中國喝茶文化後，才知道有茶這種飲料。

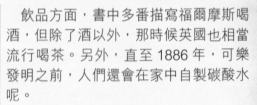

28

疾病與藥物

　　福爾摩斯時代，年過 45 歲已屬長壽。由於當時人們未意識到疾病會互相感染，所以醫院並沒隔離或消毒設備，引致住院的死亡率相當高。南丁格爾亦因而提出醫院需要改革。

　　但幸運的是，同時期的科學發展蓬勃。麻醉、注射和消毒等醫療技術，以及霍亂、結核病及瘋狗症等疾病的治療方法，都陸續被發現。大大提高了人們存活的可能。

Clover's Portable Regulating Ether Inhaler

←哥羅芳是當年常用的麻醉氣體。

→南丁格爾與福爾摩斯的活躍時期相若。醫護水平在她的努力下改善了很多。

華生的醫生皮包

　　這個醫生皮包是福爾摩斯博物館的展品。從中可以看到維多利亞時期使用的醫療用具，手術刀和剪刀等一般未經消毒就使用，而且麻醉技術發明之前，醫生動手術必須眼明快手，務求減低病人的痛楚時間。

自 1855 年廢除「報章稅」後，英國的報業大肆發展，在 1895 年時全英國發行的報章多達 2300 種，難怪在福爾摩斯 60 篇故事中，有 47 篇都提及報章。

　　另一方面，於維多利亞時期推出的小說超過 60000 部，受歡迎的作品會於連載結束後，以一套三本的形式發售。而華生愛看的通俗小說（Yellow-back）在 1870 年代相當盛行，他們以封底廣告來彌補成本，以低廉的價錢於車站販賣，讓閱讀小說成為大眾化的娛樂。

→福爾摩斯閱讀的報章包括《The Daily Telegraph》。

←連載《福爾摩斯》的《The Strand Magazine》於 1891 年出版，高峰期銷量多達 500000 本。

郵遞與電報

在《歪嘴的人》中，華生提及倫敦市內郵件即日寄出，即日收到。事實上於福爾摩斯時代，郵局於早上7時營業至晚上8時，每小時派信1次，每日11至12次，所以大部分信件都能於即日收到。

《魔鬼的腳》提及福爾摩斯「只要有打電報的地方，從來不寫信」。當時倫敦中央郵政局設有500台電報機，並有多達1000人負責打電報，於高峰期一年發出50000份電報。直至1876年電話發明後，電報才逐漸被取代。

↑福爾摩斯曾於《三名同姓之人》、《顯赫的顧客》及《退休顏料商》三個作品中，於貝格街221B內使用電話。

↑當時電報服務由郵政局包辦。

玩具和遊戲

草地網球（Lawn Tennis）

英國人哈利占（Harry Gem）於 1874 發明了草地網球。這運動隨後風靡英美，並發展成為我們現今認識的網球。

羽毛球（Badminton）

最初的羽毛球並沒有設立網子，只是玩家互相拍打羽毛球的小遊戲。直至 18 世紀，英國設立了與近代羽毛球相近的規則，羽毛球才成為運動的一種。

英國十字棋（Ludo）

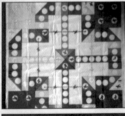

由印度十字棋演化而成的棋類遊戲，玩法非常簡單，玩家透過擲骰決定棋子前進格數，與另外三名玩家鬥快到達棋盤中央。大家現在所玩的「飛行棋」正是由其演變而來。

↑飛行棋和十字棋，看起來很像吧？

CHECK!

維多利亞時期，大多數小孩都因宗教信仰關係而不能在禮拜日把弄玩具。在當日，他們唯一獲准玩的玩具是木製的「挪亞方舟」。

福爾摩斯的時尚服裝

你是不是覺得福爾摩斯的打扮很時尚呢？其實福爾摩斯活躍於 19 世紀末，當時英國正值維多利亞時代，所以大家的服裝相當考究。

維多利亞時期，英國的工業技術隨着經濟起飛而急速增長，為時裝業帶來重大改變。一方面裁縫機的量產化與染色技術的進步，令服裝生產變得更快更便宜；另一方面，受惠於印刷術的改進，時裝雜誌也變得更能帶領社會服裝潮流。

及至 19 世紀，服裝已經能夠以穩定的價錢和數量在百貨公司中販賣，不必再以人手縫製，令到打扮變得輕而易舉，所以即使是平民百姓也開始對衣着講究起來。

——裁縫機的改良，帶動了時裝潮流。

THE SINGER MACHINE, AUGUST 12, 1851.
Earliest model filed in Patent Office. Reproduced from the SCIENTIFIC AMERICAN of November 1, 1851.

男性服裝
—— 衣領打扮是重點！——

西裝是男士基本服飾，其中三件式西裝在 1870 年代相當風行，很多人也像福爾摩斯般在西裝下加穿背心。

外套 直至 1880 年代粗布外套興起前，沉色貼身長外套是男性的基本服飾，當時外套普遍長至及膝。社交場合的禮服，也由最初的燕尾服，進化成無尾禮服（Tuxedo），並傳承至今。

"WE STROLLED ABOUT TOGETHER."

↑從原作《福爾摩斯》的插圖中可見大家都穿長外套。

#

　　為配搭西裝，黑色西褲是男士必備之物。由於皮帶尚未興起，而拉鏈亦未發明，所以普遍使用吊帶來繫着褲子。那時候男性的鞋子都是高跟和尖頭的，如外出運動時更會為鞋子加上護腳。

一把護腳套在鞋子上能避免刮花鞋子。

領結

　　領結於那時非常盛行，但後期逐漸被領帶和領巾取代。由於男裝變化較少，所以男士多以不同花紋的領帶表現自己的風格。而可拆式的衣領更是必備之物，當時上流社會男士最少會有 6 款不同的衣領以作配搭。

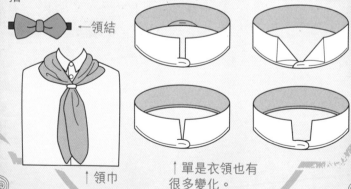

←領結

↑領巾

↑單是衣領也有很多變化。

女性服裝

── 如宮廷服般華麗！ ──

福爾摩斯的時尚服裝

維多利亞時期的女裝相當奢華，一件衣裙會運用上蕾絲、細紗、荷葉邊、緞帶、蝴蝶結、多層次裁剪等多種剪裁和物料。強行收緊腰身的「塑身馬甲」和撐起裙子後方，營造臀部線條的「裙撐」相當流行。直至 1875 年後，緊身拖曳裙才開始興起。

─服裝史上，維多利亞風格有承前啟後的作用。

─從 6 層襯裙，進化到較為輕便的裙撐，再到緊身拖曳裙。女性的服裝逐步變得方便行動。

兒童服裝

愛麗絲的打扮原來
相當前衛！

　　維多利亞時期，女孩的裙子一般比成年女性短。4歲以前，小女孩可穿及膝短裙，但年紀愈大裙子則愈長，16歲之後，更需要穿完全蓋過雙腿的長裙。而男孩方面，在5歲前跟女孩穿着打扮完全相同，長大後則多數穿搭男裝燈籠褲（Knickerbockers）。

↑於法蘭布尼（Frank Bramley）的畫作中可見到女孩與成年女性的裙子長度有別。但都不會像愛麗絲般露出大腿。

英國的帽子文化

—— 為甚麼大家都戴帽子？ ——

在英國戴帽子是文化傳統。除了因為英國氣候變化大，戴帽子能遮光擋雨外，皇室人員對帽子的敬重，也影響到帽子文化持續發展。據統計，現任英女皇伊麗莎白二世戴過的帽子，已經超過 50000 頂。

你能認出大家所戴的帽子是甚麼款式嗎？

↑ 報童帽

↑ 獵鹿帽

↑ 巴拿馬帽

↑ 大亨帽

↑ 圓頂禮帽

CHECK!

在英語中「Hat in Hand」除了如字面表示手中的帽外，也能代表「除下帽子敬禮」，即「謙敬」之意。例如「I come with hat in hand, to apologize for my transgressions.」，意即「我帶着敬意來為我的錯失致歉。」

攝政公園

福爾摩斯探案地圖

肯辛頓宮

海德公園

綠園

白金漢宮

福爾摩斯
探案地圖

柯南・道爾最初創作《福爾摩斯》的時候，其實對倫敦並不熟悉，是邊看地圖邊創作的。大家看着 1870 年代的倫敦地圖看《福爾摩斯》，說不定會更加投入！

重點地方

可依數字查看重點地方的名字，後頁還有各地的詳細資料。

① 柏靈頓火車站
② 皇家阿爾伯特音樂廳
③ 艾琳的住所——柏尼小居
④ 聖馬可教堂
⑤ 九曲湖
⑥ 福爾摩斯博物館
⑦ 貝格街 221B
⑧ 空屋
⑨ 威格莫爾街郵局
⑩ 公園徑 427 號
⑪ 柯南・道爾的診所
⑫ 克萊瑞奇酒店
⑬ 朗廷酒店
⑭ 維多利亞火車站
⑮ 尤斯頓火車站
⑯ 聖潘克拉斯火車站
⑰ 國王十字火車站
⑱ 大英博物館
⑲ 首都郡銀行
⑳ 聖雅各音樂廳
㉑ 標準咖啡吧
㉒ 乾草市場劇院
㉓ 特拉法加廣場
㉔ 查林十字醫院
㉕ 帝國劇院
㉖ 米爾班克監獄
㉗ 大笨鐘
㉘ 白廳
㉙ 蘇格蘭場
㉚ 查林十字火車站
㉛ 森遜餐廳
㉜ 薩默塞特府
㉝ 教皇院 7 號
㉞ 聖巴多羅買醫院
㉟ 滑鐵盧車站

福爾摩斯探案地圖

01 柏靈頓火車站
Paddington Station

由 1854 年存續至今的古老火車站，在《工程師的拇指》、《波士堪谷奇案》、《巴斯克維爾的獵犬》、《銀斑駒》及《老修桑姆莊探案》中均有提及此站。作為英國最悠久的火車站，柏靈頓火車站總是在小說中被提及，當中包括《哈利波特》、《柏靈頓熊》及《納尼亞傳奇：獅子‧女巫‧魔衣櫥》等等。

02 皇家阿爾伯特音樂廳
Royal Albert Hall

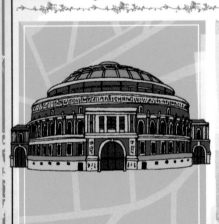

倫敦的藝術地標，《退休顏料商》中，福爾摩斯與華生曾在這裏聽演奏。自從 1871 年開幕以來，這裏一直是名家嚮往的表演場地。至今依然每年舉辦超過 400 場音樂表演，每次可容納 5000 多名觀眾。

03　柏尼小居 Briony Lodge

《波希米亞醜聞》中的虛構住宅。估計位於聖約翰林蜿蜒路一帶。艾琳所居住的聖約翰林 (St. John Wood) 曾經是「聖約翰騎士團」的領土。該騎士團後來演變成國際性慈善救援組織，即大家熟悉的「聖約翰救傷隊」。

04　聖馬可教堂 St. Mark's Church

《波希米亞醜聞》中艾琳於虛構的「聖莫妮卡教堂」結婚，現實該處為聖馬可教堂。能夠容納 600 人的聖馬可教堂，是一間中型地區教堂，位處倫敦的豪宅區西敏市。

05　九曲湖 The Serpentine Lake

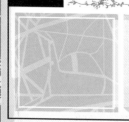

《單身貴族探案》中，雷斯垂德探長曾在這裏尋找海蒂·杜蘭。九曲湖是海德公園中的一個人工湖，因其湖形細長，故取名「Serpentine」，意謂「如蛇一樣」。

06 福爾摩斯博物館
The Sherlock Holmes Museum

實質位置為貝格街 237 號，後市政府特意安排改為 221B。福爾摩斯是虛構人物，設立博物館會讓人誤會福爾摩斯是真的存在過，所以原作者柯南·道爾的後人一直反對成立福爾摩斯博物館。

07 貝格街 221B
Baker Street 221B

地圖表示位置實際為貝格街 31 號。此處為《空屋》中提示的 221B 所在地。柯南·道爾最初創作《福爾摩斯》時，貝格街並沒有 221B 這路段。直至 1930 年，政府重新規劃貝格街，才將貝格街 215 至 229 的門號安排給一座金融機構「Abbey House」。

08 空屋
Empty House

　　《空屋》中莫蘭上校於此處狙擊福爾摩斯，書中提及這裏與貝格街221B對望。「福爾摩斯博物館」與「Abbey House」為了爭奪221B的門牌，曾經鬧上法庭。然而隨着「Abbey House」撤離貝格街，「福爾摩斯博物館」正式得到了221B的門牌。

09 威格莫爾街郵局
The Wigmore Street Post Office

　　《四個簽名》中福爾摩斯從華生鞋上的泥跡，推斷出他曾經到威格莫爾街郵局寄信。實際上現今威格莫爾街並沒有郵局，最近貝格街的馬里波恩郵局 (Marylebone Post Office)，從福爾摩斯家中步行過去，大約要花13分鐘。

10 公園徑427號
427 Park Lane

《空屋》中所述，羅納德·阿德爾的居所，他於此處被莫蘭上校射殺。公園徑是倫敦最繁忙的街道之一。在英國版的大富翁 (Monopoly) 中，它是全遊戲中第2昂貴的路段，僅次於大使館臨立的梅費爾區 (Mayfair)。

11 柯南·道爾的診所
Conan Doyle's Surgery

柯南·道爾最初的診所，因沒甚麼病人而在此抽空寫作。柯南·道爾的診所位於上溫坡街2號 (2 Upper Wimpole Street)，現址是一間名為「Medicine at Work」的診所。

福爾摩斯探案地圖

12 克萊瑞奇酒店
Claridge's

　　於《雷神橋》及《最後致意》中均提及克萊瑞奇酒店。是福爾摩斯在原作中唯一入住過的酒店。自從在 1860 年代接待過維多利亞女皇後，克萊瑞奇酒店就成為了英國皇室接待來賓的御用酒店，因而有「白金漢宮的別館」的外號。

13 朗廷酒店
Langham Hotel

　　在《四個簽名》、《波希米亞醜聞》和《最後致意》中均有提及此酒店。朗廷酒店歷史悠久，前英國皇妃戴安娜也是其常客。該酒店現時由香港財團擁有，與位於旺角朗豪坊的香港康得思酒店是姊妹酒店。

14 維多利亞火車站
Victoria Station

《希臘語譯員》、《恐怖谷》、《銀斑駒》、《最後一案》及《吸血鬼探案》中提及的火車站。連結倫敦地鐵系統的維多利亞火車站，每年載客量高達 170 萬人，是全倫敦第 2 繁忙的車站。

15 尤斯頓火車站
Euston Railway Station

關於此火車站的描寫可見於《血字的研究》、《修院學校》、《證券交易所的職員》及《三名同姓之人》。作為倫敦第一個通往其他城市的車站，尤斯頓車站已有 180 年歷史。接連的車站如利物浦、曼徹斯特等，都是一些有着著名足球會的城市。

16 聖潘克拉斯火車站
St. Pancras Station

《修院學校》中，福爾摩斯與華生於此車站乘搭火車。福爾摩斯時代，聖潘克拉斯車站以其哥德式的「拱廊」設計而聞名。而來到現今，它則是乘搭連接倫敦與巴黎的火車「歐洲之星」的車站。

17 國王十字火車站
King's Cross Station

福爾摩斯在《榮蘇號》及《失蹤的中後衛》中於此車站乘搭火車。「國王十字」是紀念英王喬治四世而設的名字。車站共有 11 個月台，小說《哈利波特》中虛構的 9¾ 月台也是在國王十字車站之中。

18 大英博物館
British Museum

《巴斯克維爾的獵犬》及《墨氏家族成人禮》提及此博物館。而福爾摩斯在《紫籐居探案》中更一度走進館內。英國收藏家漢斯·斯隆（Hans Sloane）死後把全部收藏品捐給國家，英國政府則以此為契機，成立了世上最大的博物館之一的大英博物館。現時館藏品多達 800 萬件，即使花一天也未必能看畢全部展品。

19 首都郡銀行
Capital and Counties Bank

《修院學校》中提及福爾摩斯所使用的銀行是首都郡銀行。首都郡銀行在福爾摩斯的年代是一間大銀行，全盛時期有近 500 間分行，連原作者柯南·道爾也是在這裏開戶口。但 1918 年被萊斯銀行收購後，首都郡銀行已告結業。

20 聖雅各音樂廳
St. James's Hall

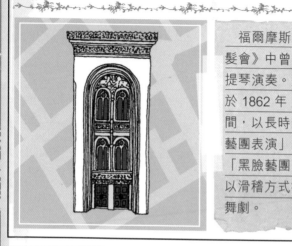

福爾摩斯與華生在《紅髮會》中曾前往此處聽小提琴演奏。聖雅各音樂廳於 1862 年至 1904 年期間，以長時間舉辦「黑臉藝團表演」聞名。而所謂「黑臉藝團」，則是白人以滑稽方式扮演黑人的歌舞劇。

21 標準咖啡吧
Criterion Bar

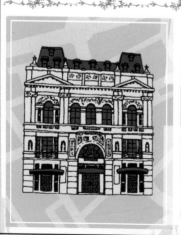

《血字的研究》中，華生在這裏得到可與福爾摩斯合租房子的消息。標準咖啡吧於 1873 年開業，至今已有 144 年歷史，是世上 10 大古老餐廳之一。雖然餐廳現已更名為「Savini At Criterion」，但店內還有一個紀念牌表示華生是於這餐廳內首次聽見福爾摩斯的名字。

22 乾草市場劇院
Haymarket Theatre

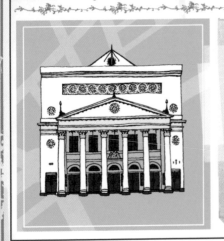

《退休顏料商》中的疑似兇案地點。乾草市場劇院是倫敦三大古老劇院之一，雖然劇院只能容納888名觀眾，但開幕195年以來，一直座無虛席。

23 特拉法加廣場
Trafalgar Square

福爾摩斯在《單身貴族探案》中取笑雷斯垂德是否要在特拉法加廣場的噴泉打撈。位於特拉法加廣場中央的納爾遜紀念柱，是為紀念死於特拉法加海戰的海軍上將霍雷肖‧納爾遜而設。這位一代名將在戰事中先後失去右眼、右臂，最後戰死沙場，是不少英國人心目中的英雄。

24 查林十字醫院
Charing Cross Hospital

《巴斯克維爾的獵犬》中，占士·莫蒂醫生的工作地方。查林十字醫院是一所結合醫護學校的醫院，概念沿自其創辦人賓祖瑪·高定醫生(Dr. Benjamin Golding)，年輕時邊學習邊為貧民行醫的經驗。

25 帝國劇院
Imperial Theatre

史密斯小姐的父親在帝國劇院擔任樂團指揮，出現於《獨行女騎者》。帝國劇院原是皇家水族館的一部分。後來皇家水族館結業，劇院單獨運作數載後，被拆卸並移至景寧鎮重建。可惜劇院最終在 1931 年一場火災中燒毀，現今已不復存在。

26 米爾班克監獄
Millbank Prison

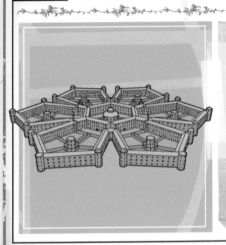

福爾摩斯在《四個簽名》中在附近下船。此處曾經是倫敦最大的監獄。米爾班克監獄建於1816年。直至1890拆毀前，主要用作收容被判流放刑的囚犯。當時大多數囚犯會被流放至澳洲作苦力礦工。

27 大笨鐘
Big Ben

《海軍協約》中，費普斯先生聽到的三下鐘聲是來自大笨鐘。我們常叫的大笨鐘，其正式名稱其實是伊麗莎白塔 (Elizabeth Tower)，它的鐘面非常巨大，單是分針也長4.3米。該鐘樓位於的西敏宮，是現時英國國會所在地。

28 白廳
White Hall

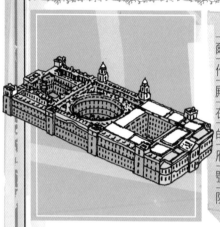

在《希臘語譯員》中提到福爾摩斯的哥哥邁考夫於此處工作。白廳宮是歐洲最大的宮殿，擁有超過 1500 間房間，在 1698 年以前都是英國國王的皇宮。現今白廳附近都是政府機關，包括著名的唐寧街 10 號首相府、禁衛騎兵團部及國防部大樓等。

29 蘇格蘭場
Great Scotland Yard

雷斯垂德等探員工作的地方，之所以稱為蘇格蘭場是因為它位於名為「大蘇格蘭場」的街道上。英國警方現時用以管理犯罪資料的國際電腦系統名為「Home Office Large Major Enquiry System」(內政部大型重要查詢系統)，其縮寫是「HOLMES」，也就是福爾摩斯的姓氏。

30 查林十字火車站
Charing Cross Railway Station

　　小說中 5 次提及此火車站，包括《波希米亞醜聞》、《金邊夾鼻眼鏡探案》、《空屋》、《第二血跡探案》及《格蘭居探案》。查林十字源於英皇愛德華一世為紀念死去愛妻而建的十字架紀念碑，因該紀念碑座落查林村，因而被稱作「查林十字」。18 世紀起，查林十字被認為是倫敦的中心，城市發展也以其為中心點。

31 森遜餐廳
Simpson's the Strand

　　《住院病人》和《垂死的偵探》中，福爾摩斯和華生先後三度光顧此餐廳。此餐廳現在還在倫敦營業。森遜餐廳的正式名稱是「Simpson's in the Strand」。「The Strand」意指倫敦的河岸街，也就是餐廳的所在地。該餐廳以烤牛肉聞名。

32 薩默塞特府
Somerset House

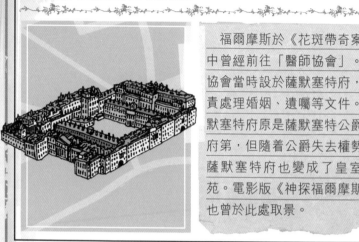

　　福爾摩斯於《花斑帶奇案》中曾經前往「醫師協會」。該協會當時設於薩默塞特府，負責處理婚姻、遺囑等文件。薩默塞特府原是薩默塞特公爵的府第，但隨着公爵失去權勢，薩默塞特府也變成了皇室宮苑。電影版《神探福爾摩斯》也曾於此處取景。

33 教皇院7號
7 Pope's Court

　　「紅髮會」於這裏招募紅髮人士，以優厚薪金抄寫大英百科全書。教皇院是虛構的街道。不少人相信地圖所示位置的Poppin's Court 就是教皇院所參考的地方。據說，柯南‧道爾常來附近喝酒。

34 聖巴多羅買醫院
St. Bartholomew's Hospital

福爾摩斯與華生的首次見面是在聖巴多羅買醫院的化學實驗室。該醫院是歐洲最古老的醫院。聖巴多羅買醫院有 890 年以上的歷史，著名傳教士馬禮遜也是該醫院的畢業生。值得一提的是，香港的摩利臣山也是為紀念馬禮遜而得名的。

35 滑鐵盧車站
Waterloo Station

福爾摩斯經常於此處乘搭火車。作品中 8 次提及滑鐵盧車站，包括《花斑帶奇案》、《五枚橘籽》、《海軍協約》等等。滑鐵盧站是英國最繁忙的鐵路車站，每年客流量多達 1 億人。滑鐵盧原是比利時的地名，英國軍曾於該地擊敗法國，為紀念該戰事，而把國內一些橋和車站命名為滑鐵盧。

10大犯罪場面

2014年，我們曾以問卷形式，舉辦了一個「我最喜歡的福爾摩斯」選舉，其中一項是讓讀者選出最難忘的犯罪場面。現在由厲河老師和編輯部以第1至38集為基礎，重新選出十大犯罪場面，一起來看看是否與你心中所想一樣吧！

第1位

第24集
《女明星謀殺案》

　　同一瞬間，馬路好像忽然消失了似的，只見兩頭馬兒已撞斷了欄杆急墜。在一股強大的拉力下，車廂高速向前，呼的一下衝出了欄杆，直往懸崖下面飛墮而去！

第2位

第17集
《史上最強的女敵手》

　　只見四個大漢和四個警察——不幸地，狐格森也在當中——倒在地上，呻吟之聲此起彼落，他們看來是在黑暗中群毆一場後紛紛倒地。

　　李大猩、戴着面具的冒牌國王和羅蘋三人則形成一個三角形互相對峙。

第3位

第21集
《蜜蜂謀殺案》
科學鬥智短篇「分身」

「啊！」老人心中發出驚叫，他嚇得退後了兩步。看到了！他親眼看到了！

一個木無表情的人頭，竟然在花牆前面飄浮！

第4位

第4集
《花斑帶奇案》

他們連忙趨前，走進海倫亡姊的房間內。那是一間佈置簡單的睡房，家具看來都比較陳舊，只有一張床、一個衣櫃、一張梳妝枱和一張圓形的桌子，在梳妝枱和圓桌前面都各放了一張椅子。

第5位

第18集
《逃獄大追捕》

福爾摩斯和華生走近一看，只見圍牆下的雪地上，有幾團拳頭大小的東西。

「是布碎。」未待福爾摩斯發問，波利已說了。

第6位

第32集
《逃獄大追捕II》

福爾摩斯和華生抵達鐵壁監獄時，只見到爆炸現場的飯堂內已滿目瘡痍，牆壁和柱子都被燒得焦黑，地上又佈滿了救火時留下的一灘灘水窪。華生知道，在這種情況下搜證非常困難。

10大犯罪場面

62

第7位

第11集
《魂斷雷神橋》

突然，他把槍舉到自己右邊的太陽穴上。這個突如其來的舉動，嚇得李大猩和狐格森張大了嘴巴，華生也看得呆了。

接着，他「砰！」地大叫一聲，手一鬆，手槍在大石頭的拉動下，直往欄杆飛去，然後「鏘」的一下碰到了欄杆，再「噗咚」一聲，掉到河裏去了。

第12集
《智救李大猩》
科學鬥智短篇
「智破炸彈案」

第8位

只見華生指向的遠處有一株光禿禿的樹，小兔子被綁在樹幹下方，他的嘴巴被一塊布塞住，不能説話，也動彈不得。

空地的兩旁都是茂密的樹林，那株樹的後方是一望無際的地平線，一直延伸至正從東方升起的太陽。

第9位

第6集《乞丐與紳士》

其實圖中已顯示 Ⓐ Ⓑ Ⓒ Ⓓ 四個可疑的地方，各位讀者，你們能找出來嗎？

Ⓐ 答案於p.44　　Ⓑ 答案於p.50
Ⓒ 答案於p.52　　Ⓓ 答案於p.56

「滾開！」李大猩推開煙館熊，領着眾人急步衝上二樓。踏進裏面一看，只見房內佈置簡單，只有一張床、一個靠牆的木櫃、一個放在床邊的木箱子和一張茶几，但一個人也沒有。

第10位

第16集《奪命的結晶》
科學鬥智短篇「麵包的秘密」

兩人向着那個方向走去，不一刻，就來到一個被鐵絲網重重圍住的小公園。鐵絲網的當眼處，還掛着一塊告示牌，上面寫着：「DANGER！FALLING ROCKS！（危險！注意落石！）」不過，鐵絲網已被人剪開了一個洞，足可讓一個人通過。福爾摩斯和華生當然不理告示的警告，馬上就鑽了進去。

同時代的名偵探

在 19 世紀至 20 世紀初其實還有很多名偵探，雖然他們未必比福爾摩斯著名，可都是來自出色的作品！

C·奧古斯特·杜邦 `C. Auguste Dupin`

代表作品：
莫爾格街兇殺案（1841 年）

傳奇作家愛倫·坡筆下的法國偵探，也是史上第一本推理小說的主角。杜邦會以犯罪者的角度去解讀案件。

→杜邦系列《失竊的信》

角落老人 `The Old Man In the Corner`

代表作品：芬雀曲街謎案（1908 年）

艾瑪·奧希茲的作品。主角是一個坐在咖啡室角落的老人，單從報紙上的資料就能破解謎案。他被譽為無需親身調查，就可破案的「安樂椅神探」始祖之一。

← 1909 年版本的封面。

勒考克 `Monsieur Lecoq`

代表作品：勒滬菊命案（1866 年）

由作家加伯黎奧創作的法國密探。這個由犯罪者轉變為密探的設定，參考自真實人物、世上第一位私家偵探佛朗科斯·維多克。

→勒考克是一名會使用科學鑑證的偵探。

除了上述的名偵探外，這裏只能列舉一些較為著名的作品，期望大家自行細味。

- 羅蘋被捕 / 怪盜亞森·羅蘋（1905）
- 追尋黃金版塊 / 凡杜森教授（1906）
- 紅姆指印 / 宋戴克醫師（1907）
- 黃色房間之謎 / 記者胡爾達必（1907）
- 藍色十字 / 布朗神父（1910）
- D 坡殺人案 / 明智小五郎（1925）

福爾摩斯的作者——柯南·道爾

《福爾摩斯》百多年來，風靡萬千書迷，你又怎可不認識他的作者——柯南·道爾呢？

柯南·道爾
Sir Arthur Ignatius Conan Doyle
（1859年5月22日－1930年7月7日）

Illustrated by Henry L. Gates

兒童時期

柯南·道爾於 1859 年 5 月 22 日出世。他的父親是一名公務員及業餘藝術家，而母親則擅於説故事。作為家中長子，柯南承繼了父母的才華，熱愛創作之餘，還是一名運動健將。

The reader will judge that I have had many adventures. The greatest and most glorious awaits me now.
Adrian Conan Doyle

青年時期

柯南·道爾就讀大學時，選讀醫科。為增加家庭收入，他在課餘當上醫務助理及船醫。這些工作經歷，令他寫下了詭異故事《北極星船長》（The Captain of Polestar）。

就業時期

1882 年畢業後，他一邊當醫生一邊寫作。在 1887 年完成了《福爾摩斯》的第一作《血字的研究》，並接着寫下了歷史小説《金風鐵雨錄》（Micah Clarke）。後來《福爾摩斯》日趨著名，令他成為大眾矚目的作家。

盛年時期

↑穿上軍服的，柯南·道爾。

對創作福爾摩斯感到厭倦的柯南·道爾，不顧大眾反對，在寫完《最後一案》後停止關於偵探小説的創作，改而寫關於拿破崙戰爭的《白蘭斯叔叔》（Uncle Bernac）等歷史小説。雖已名成利就，但愛國的他拋下一切當上自願軍，參與波耳戰爭。戰後，他再重新創作福爾摩斯。

晚年時期

柯南·道爾在晚年崇拜唯靈論，信奉人死後靈魂不滅。他不但為此寫書，更四處講學推廣。1930 年 7 月 7 日，他在家中去世，葬於溫德爾沙姆。

→為推廣唯靈論而拍下的靈異照片。

於福爾摩斯之外

其他名作

福爾摩斯的著名，令到很多人只知柯南‧道爾會寫偵探小説，卻不知他還寫下著名的歷史、愛情及科幻小説，諸如《輕騎兵傑拉德》（Brigadier Gerard）及《失落的世界》（The

↑《輕騎兵傑拉德》及《失落的世界》

Lost World）等。現代科幻巨著《侏羅紀公園》更是受到《失落的世界》的啟發創作而成。

創作力的來源

↑柯南‧道爾乘坐在當年最新的電動自行車上。

作為一個作家，柯南‧道爾並非每天都伏案寫作，相反他對很多事物都充滿熱情。他是世上第一批擁有汽車的人；他推動了瑞士滑雪發展；他參選議會等等，這種對事物的好奇心，正是他源源不絕的創作力來源。假如你也想創作，就要見識更多的事物了！

柯南·道爾大事表

1859年 5月22日，柯南·道爾於愛爾蘭出世。

1876年 於愛丁堡大學讀醫學，並遇上約瑟夫·貝爾教授，啟發他日後創作福爾摩斯。

1883年 在南海城當實習醫生。

1885年 與病人的姊姊露易絲結婚。

1887年 出版第一本《福爾摩斯》小說《血字的研究》。

1891年 《福爾摩斯》第一篇短篇作品〈波希米亞醜聞〉在《The Strand Magazine》上刊登。

1900年 以軍醫身份參與南非的第二次波耳戰爭。

1902年 因為戰功而獲封爵。

1906年 妻子露易絲過身。

1907年 迎娶第2任太太珍·尼奇。

1912年 出版《查倫諸教授》系列首作《失落的世界》。

1918年 其長子戰死沙場。

1922年 信奉唯靈論，並寫下一系列推廣作品。

1924年 寫下了個人自傳。

1930年 7月7日因心臟病而離世。

福爾摩斯帶來的小說發展

不説你未必會知，《福爾摩斯》之前有很多犯罪小説，但能夠將壞人定罪的推理小説，卻是在《福爾摩斯》之後才陸續出現。

～ 犯罪小説的原型 ～

18 世紀時，歐洲小説大概只有大眾喜劇及哥德浪漫兩大種類。雖然偶有《修道士》（The Monk）等描寫犯罪活動、有違道德的小説，但並未有偵探去解決這些案件。其後愛倫·坡的《杜邦》系列確立了推理小説的原型，為後世留下榜樣。

愛倫·坡 Edgar Allan Poe

（1809 － 1849）美國作家，出身演員世家，擅長撰寫懸疑及驚悚小説。他提倡「為藝術而藝術」，認為藝術的最終目的只是提供娛樂。

～ 偵探的出現 ～

於柯南·道爾創作《福爾摩斯》之前兩個世紀，威爾基·柯林斯（Wilkie Collins）的《白衣女人》和《月光石》已被認為是長篇推理小説的寫作典範。其後英國文學巨匠狄更斯於《荒涼山莊》及《馬德溫之謎》中分別引入了偵探角色巴奇（Bucket）和迪·達捷（Dick Datchery），啟發了同類型角色的創作。

查爾斯·狄更斯 Charles Dickens

（1812 － 1870）英國最偉大作家之一。年少時一度貧困的經歷，令他創作一系列以社會低下階層為主角的小説，諷刺社會問題。其著名作品包括《塊肉餘生錄》、《孤雛淚》及《雙城記》等等。

∽ 福爾摩斯的影響 ∽

1887 年，福爾摩斯系列的《血字的研究》甫推出就大受矚目。雖然柯南·道爾其後終結其連載，但福爾摩斯為推理小說帶來的影響，卻一直存續下來。其中由多名作家創作的「貧民的福爾摩斯」式頓·貝格（Sexton Blake）系列自 1893 年推出以來，出版多達 4000 個故事以上。此外，由 G·K 卻斯特頓創作的布朗神父系列，亦出版多達 51 個短篇故事。

式頓·貝格

由超過 200 個作者聯合創作的傳奇人物。精通拳擊、劍擊、柔術和射擊，亦是化學、毒品學、筆跡鑑定、槍械鑑定的權威。在 1890 年代的英國，廣受青少年讀者歡迎。

布朗神父

自 1911 年初次出版以來，多次被改編成電視劇的偵探小說。與福爾摩斯不同的是，布朗神父很多時不是靠推理去破案，而是單純靠直覺推斷。

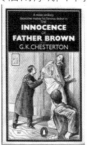

CHECK!

狄更斯的居所

位於道蒂街 48 號的狄更斯博物館是狄更斯第一所房子，25 歲的他在這棟樓高 3 層的房子內創作出《孤雛淚》及《尼古拉斯·尼克貝》兩套大作。該博物館是現今保存得最多狄更斯遺物的地方。

—狄更斯博物館內展出了他使用過的書桌。

英國推理小說的黃金期

隨着第二次世界大戰展開，推理小說的發展更趨急促，一些以間諜為題材的推理小說應運而生。而其中不得不提，當然是推理小說女王阿嘉莎·姬絲蒂（Agatha Christie）的作品。作為史上最暢銷的小說家，只有聖經與莎士比亞作品銷量比她所寫的小說為高。

一姬絲蒂一生撰寫超過 80 部小說和劇本。

姬絲蒂筆下的偵探

赫爾克里·波洛

比利時出身的偵探，認為現場搜證是警犬的工作，所以不喜歡參與。他風趣惹笑，廣受讀者歡迎，與福爾摩斯並稱為兩大虛構名偵探。其中《東方快車謀殺案》和《尼羅河謀殺案》曾多次被拍成電影，

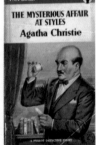

珍·馬普爾小姐

年逾 60 歲的老婦人。豐富的人生閱歷令她往往可以看破人性的黑暗面，再利用累積下來的知識去破解案件。

美國推理小說的黃金期

美國作家范·達因（S. S. Van Dine）和艾勒里·昆恩（Ellery Queen）的作品於 1920 年代紅極一時，其中昆恩的更是「公平推理小說」的代表者，即讀者與主角所得的資訊完全相同，能讓讀者邊讀邊思考案件。

但要跟福爾摩斯相比，則不得不提由雷克斯·斯托特（Rex Stout）創作的胖子偵探尼羅·胡夫（Nero Wolfe），雖然他饞嘴又不愛出門，但偏偏屢破奇案，是多達 33 部小說的主角。其過人的推理能力，甚至令部分福爾摩斯迷認為，他其實是艾琳和福爾摩斯的兒子。

CHECK!

推理小說現在已經發展成為其中一個主流題材，不單英美，在法國、日本都有不少著名的推理作家。但福爾摩斯的地位至今依然沒有作品可匹敵，當中包括以下這些有趣數據。

英國、美國、德國、日本、意大利都拍攝過福爾摩斯的電視劇，其中日本的更是以人偶製作。

福爾摩斯已經播出超過 750 個廣播劇，200 套電影，並由逾 75 位不同演員扮演過，是最長壽的角色之一。

1980 年代已經推出過以福爾摩斯為主題的桌上遊戲。來到 2000 年代，福爾摩斯也推出過電腦遊戲，並在一些遊戲內客串演出。

福爾摩斯在不同地方的動漫畫中曾經以老鼠、鴨、狗，甚至青瓜的形象出現。他也常常被借用到其他作品去，如蝙蝠俠就曾與他一起查案。

福爾摩斯探案年表

20 歲的
福爾摩斯
首次
破解謎案

1854
福爾摩斯出生
★

1874
7.12
~
9.22
榮蘇號
★

1879
10.2
墨氏家族
成人禮
★

1886
10.8
單身貴族
探案

1886
10.12
~
10.15
第二血跡
探案

等同於⑨
《密函失竊案》

1887
4.14
~
4.26
瑞蓋特村
之謎
★

等同於㉘
《兇手的倒影》

1887
10.18
~
10.19
身份之謎

1887
10.29
~
10.30
紅髮會

等同於⑧
《驚天大劫案》

1887
11.19
垂死的
偵探

等同於⑲
《瀕死的大偵探》

1887
12.27
藍柘榴石
探案

1888
9.25
~
10.20
巴斯克維爾的
獵犬

1889
4.5
~
4.20
紅樺莊探案
★

1889
6.8
~
6.9
波士堪谷
奇案

1889
6.15
證券
交易所的
職員

1889
7.30
~
8.1
海軍協約

1889
8.31
~
9.2
硬紙盒
探案

74

1881
3.4
~
3.7
血字的
研究
★

等同於①《追兇20年》
福爾摩斯與華生相遇

1883
4.6
花斑帶奇案
★

等同於④
《花斑帶奇案》

1886
10.6
~
10.7
住院病人

1887
5.20
~
5.22
波希米亞
醜聞

等同於⑰
《史上最強的
女敵手》

1887
6.18
~
6.19
歪嘴的人

等同於⑥
《乞丐與紳士》

1887
9.29
~
9.30
五枚橘籽

福爾摩斯
少數失敗的
案例

1888
1.7
~
1.8
恐怖谷

等同於③
《肥鵝與藍寶石》

1888
4.7
黃色臉孔

1888
9.12
希臘語
譯員

1888
9.18
~
9.21
四個簽名

等同於②
《四個神秘的簽名》

1889
9.7
~
9.8
工程師的
拇指

1889
9.11
~
9.12
駝者

1890
3.24
~
3.29
紫藤居探案
★

1890
9.25
~
9.30
銀斑駒

等同於⑤
《銀星神駒失蹤案》

場面比較

福爾摩斯探案年表

75

1890
12.19
～
12.20
綠玉冠
探案

1891
4.24
～
5.4
最後一案
★

1894
4.5
空屋
★

1894
11.14
～
11.15
金邊夾鼻
眼鏡探案

等同於⑮
《近視眼殺人兇手》

1895
8.20
～
8.21
諾伍德的
建築師

1895
11.21
～
11.23
布魯士·
巴丁登計劃

1896
10
幪面房客
★

1896
11.19
～
11.21
吸血鬼
探案

等同於⑬
《吸血鬼之謎》

1898
7.27
～
8.13
小舞人
★

1898
7.28
～
7.30
退休
顏料商

1899
1.5
～
1.14
米爾沃頓
★

1900
6.8
～
6.10
六個拿破崙
★

等同於⑦
《六個拿破崙》

1902
7.1
～
7.18
卡法克
小姐的
失蹤

1902
9.3
～
9.16
顯赫的
顧客

1902
9.24
～
9.25
赤環黨

1903
1.7
～
1.12
蒼白的士兵
★

場面比較

1895
4.5
~
4.6
三名學生
★

1895
4.13
~
4.20
獨行
女騎者
●

等同於 ⑩
《自行車怪客》

場面比較

1895
7.3
~
7.5
黑彼得
●

場面比較

1896
12.8
~
12.10
失蹤的
中後衛

1897
1.23
格蘭居
探案
★

1897
3.16
~
3.20
魔鬼的腳
●

1900
10.4
~
10.5
雷神橋

等同於 ⑪
《魂斷雷神橋》

1901
5.16
~
5.18
修院學校
★

1902
5.6
~
5.7
老修桑姆莊
探案
★

1902
6.26
~
6.27
三名
同姓之人

等同於 ㉒
《連環失蹤大探案》

1903
5.26
~
5.27
三面
人形牆

1903
夏季
藍寶石
探案

1903
9.6
~
9.22
匍行者

1909
7.27
~
8.3
獅鬃毛
★

1914
8.2
最後致意
★

學習福爾摩斯的推理法！

歸納法

收集具體事例，尋找當中的共通點，從而推測真相。此法雖然簡單又常用，但也容易犯錯。以下就是一個例子。

—— 例子 ——

「還用說嗎？史密斯小姐習慣乘搭星期六 12 時 22 分的火車離開方漢鎮，我們提早一個小時到那段危險的路埋伏，等候犯人現身就行了。」福爾摩斯說完，就倒在沙發上睡午覺去了。可是，這時的福爾摩斯還未察覺，他的這個決定犯了一個簡單卻又極其嚴重的錯誤。

※ 節錄自《大偵探福爾摩斯⑩自行車怪客》

具體事例的多寡會影響歸納法的準確性，就像故事中福爾摩斯沒料到史密斯小姐會忽然提早行程一樣，我們很難排除個別特殊例子的存在。

準確性：B

事例 1
史密斯小姐上星期六乘搭 12 時 22 分的火車離開方漢鎮。

事例 2
史密斯小姐這星期六乘搭 12 時 22 分的火車離開方漢鎮。

事例 3
史密斯小姐會於星期六乘搭 12 時 22 分的火車。

事例 4
她下星期六也會乘搭 12 時 22 分的火車。

福爾摩斯的推理法

福爾摩斯最過人之處當然是他的觀察力和推理能力，你也想像他一樣成為名偵探？先來學會推理方法吧！

演繹法

從已知的事實和不變的定理中，逐步推測真相。

—— 例子 ——

「你為何知道殺人犯曾經跌進水坑裏呢？」華生問。

「這還不很清楚嗎？坑壁上的鞋印，和坑邊上被繩子磨擦而造成的凹痕，已證明有人曾經被人用繩子從坑底救上來。而這個獲救的人一定不是死者，因為死者的褲管和鞋襪都沒有被水浸過的痕跡。」福爾摩斯説。

※ 節錄自《大偵探福爾摩斯⑫智救李大猩》

已知事實▶
1. 坑壁上有鞋印，而坑邊有繩子磨擦而成的凹痕。
2. 死者的褲管和鞋襪都沒被水浸過的痕跡。

由於演繹推理有事實根據去支持，所以準確度較歸納推理為高。但已知是事實的資料越多越好，否則依然會出現盲點。

準確性：**A**

不變定理▶
1. 痕跡是因為有人曾被人用繩子從坑底拉上來，才會留下。
2. 如果死者曾跌進水坑，應會沾濕褲管。

推測▶
從水坑中被救上來的是兇手。
把兇手救上來的是死者。

福爾摩斯的推理法

排除法

列出選項，然後比較證據和選項之間的矛盾點，排除不可能發生的事。

例子

「我觀察到你鞋面上沾有一小塊紅泥，威格莫爾街郵局對面正在修路，掘出的泥堆積在路上，走進郵局的人很難不踏進泥裏去。那裏的泥是特殊紅土，據我了解，附近再沒有那種顏色的泥土了。這就是從觀察上得來的，其餘的是由推斷得知。」

「那你怎麼推斷到我去發電報呢？」

「今天整個上午我都坐在你的對面，並沒有看見你寫過一封信。我注意到在你的桌上有一大整張的郵票和一捆明信片，那你去郵局除了發電報還會作甚麼呢？除去其他的因素，剩下的必是事實。」

※節錄自福爾摩斯原著《四個簽名》第一章「演繹法的研究」

準確性：A+

經過2次演繹法後，推理出來的答案已經沒有盲點，之後再利用排除法，就自然能得到正確答案了！

❶ 演繹法

已知事實▶
1. 華生的鞋面上沾有紅泥。
2. 威格莫爾街郵局附近修路，翻出了紅泥。
不變定理▶走進郵局的人必定會沾上紅泥。
推測▶華生去了威格莫爾街郵局。

❷ 演繹法

已知事實▶去郵局可以寄信、買郵票、買明信片、打電報。
不變定理▶人們去郵局只為上述事項。
推測▶華生去郵局是為了處理上述四項事的其中一項。

❸ 排除法

選項▶ 1. 寄信　　2. 買郵票
　　　 3. 買明信片　4. 打電報
因應證據，排除選項▶
1. 華生早上沒寫信，所以不會是寄信。
2. 桌面上有很多郵票和明信片，所以不會是去買這兩件東西。
3. 沒有證據證明華生不是去打電報。
結論▶華生去郵局是為了打電報。

作者的話

自 2010 年至今，已出版了 38 集《大偵探福爾摩斯》及 1 集特別版，當中包括 33 個長篇和 15 個短篇故事。究竟作者厲河老師對每一集的評價為何？背後又有甚麼有趣的事情呢？

原來已有這麼多集了。

當中也有不少難忘的事情吧。

不知老師有否提及我呢？

第1集《追兇20年》

大偵探
福爾摩斯
SHERLOCK HOLMES
追兇20年

柯南·道爾 原著
厲河 改編
余遠鍠 繪畫

這是柯南·道爾寫的首個偵探故事，福爾摩斯自此名留青史，成為史上最著名的虛構人物。由於這是我第一次改編偵探故事，難免戰戰兢兢，寫得有點拘謹。不過，主要人物的性格馬上就建立起來了，為日後的改編打下了基礎。

斯丹給他這麼一說，才——
「啊，對的、對的，這位是華生醫生，我們正想到你家找你呢。」
「什麼？這位就是想和我分租房子的華生神迫他的右手，「很高興你來分租我的房子，這麼一來，我每月就能節省一半房租了。」
華生也連忙和他握握手，正想問他貴姓名時，男人自我介紹了：「我名叫歇洛克·福爾摩斯，對了，阿富汗那邊的戰況怎麼了？戰事很激烈吧？」

一華生初次見到福爾摩斯時，已被其驚人的觀察能力嚇到了。

82

第2集《四個神秘的簽名》

對比起第一集，第二集的故事加強了冒險元素，大偵探甚至差點被殺，這種場面在福爾摩斯的故事中甚為罕見。不過，我覺得更有意思的是他憑一隻懷錶就能看穿一個人的性格，而那個人更是華生的哥哥！此外，華生交了一個漂亮的女朋友（日後更會成為他的妻子）也是這一集的亮點。

←華生對這位瑪莉小姐可謂一見鍾情呢！

第3集《肥鵝與藍寶石》

這是一個有趣的小品，當中沒有殺人或搶劫之類的大場面，故事比起第一和第二集要輕鬆得多，最適合低年級的小朋友閱讀。不過，別以為沒有搶劫殺人就沒甚麼好看。

福爾摩斯不會讓我們失望，他憑一頂帽子就推論出帽子主人的身份，完美地展示了大偵探的實力。單是這一場戲，已值得我們鼓掌了。

第4集《花斑帶奇案》

這個故事破綻不少，曾考慮過應否放棄改編。因為作為偵探小說，太多破綻是會給讀者罵的啊。可是，這個故事非常出名也很好看，不改編的話就有點浪費了。於是，我來了個「先禮後兵」的方法，先把故事說完，然

後再自行引爆，把書中破綻一一道出。結果，讀者不但沒有投訴，還說很有意思呢。
——福爾摩斯從眾多疑點中找到破綻，查出真相。

第5集《銀星神駒失蹤案》

這一集很特別，因為主角除了福爾摩斯等人之外，還牽涉了一匹馬。這匹馬還在案中起着關鍵的作用，相信讀者看完後都會感到非常意外。我改編時基本上忠於原著，主要的改動是結尾與死者妻子有關的部分，這麼一改，福爾摩斯就更為人性化了。

第6集《乞丐與紳士》

這個改編版的書名很簡單，卻一語道破原著的精神（奧妙）所在。所以，這也是最易改編的故事之一。比較費神的，反而是如何利用原著中常提及的小提琴來為情節增添神采。當想通了這一點之後，一個美妙的章節就誕生了。

↑除了福爾摩斯，乞丐布恩也會拉小提琴。

第7集《六個拿破崙》

原著中，福爾摩斯等人很輕易就把兇徒捉住了。我改編時，把追捕的場面移到一個遊樂場之中，最後的高潮更在摩天輪上進行。這麼一改，情節和畫面都豐富多了。由於這是一本圖畫故事書，圖畫是非常重要的組成部分，在改編時，我很注意這一點，會盡量設計一些情節讓余遠鍠老師可以盡情發揮，否則就太浪費他那麼好的畫功了。

第8集《驚天大劫案》

這一集一開首就來一場火車大劫案，是為了塑造劫匪的兇狠形象，為緊接着的打劫銀行鋪路。不過，在原著之中是沒有這場戲的。

原著強調的是紅髮同盟會的騙案，這對我來說是有點浪費了。所以，我在改編時加重了打劫的部分，這麼一來，令騙案看起來也更有戲味了。

→警匪雙方在火車槍戰，狐格森更是九死一生！

第9集《密函失竊案》

在這一集的書後首次刊載了四格漫畫，想不到非常受歡迎，結果此後每集完結時都得刊出四格漫畫。大家要知道，每次都要創作四則不同的惹笑四格，可不是那麼容易的，因為創作方法與小說完全不同。在改編故事方面，這次則比較着重鬥嘴的寫法，福爾摩斯和女主角有兩次唇槍舌劍的場面，在之前的八集中都未曾出現過的。

→二人唇槍舌劍，各不相讓。

第10集《自行車怪客》

正如書名所示那樣，「自行車」在本集故事中起着一個重要作用。原來，在原著作者柯南·道爾處身的19世紀末，自行車是新產物，代表着時髦與自由。柯南·道爾自己就很喜歡騎自行車，還與自行車一起拍照留念呢。本故事中，女主角踏着自行車出場的場面頗多，現在看不覺得怎樣，但在當時的讀者眼中，騎自行車這個行為本身，已顯示了她是一個有獨立主張的現代女性呢！

↑女主角被神秘人跟蹤。

第11集《魂斷雷神橋》

在這一集中我作出了前所未有的大改動——把犯人的身份改了，兇手變成另一個人。這會對原著作者不敬嗎？我認為不會，反而，我覺得如果柯南·道爾在今天重寫這個故事的話，可能也會作出同樣的改動呢。理由？在書中找吧。

←故事中的富豪吉布森為了達到目的，不擇手段。

第12集《智救李大猩》

這是此系列中首個短篇集，也是首本原創故事集。由於這些故事都曾在《兒童的科學》連載，所以每個故事都包含了科學元素，可以一邊看故事，一邊學習科學知識。最令我高興的是，這些原創故事也很受讀者們的歡迎呢。

－李大猩命在旦夕，福爾摩斯憑科學知識擺脫困境！

第13集《吸血鬼之謎》

有女讀者投訴這個系列的女角大部分都是受害人，沒有又正面又厲害的女主角。我覺得這個投訴也有道理，於是愛麗絲就在本集中誕生了。叫我意想不到的是，她的加入不但令這一集生色不少，還令以後的故事也好玩多了。

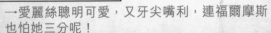

－愛麗絲聰明可愛，又牙尖嘴利，連福爾摩斯也怕她三分呢！

第14集《縱火犯與女巫》

本集除了收錄兩個偵探短篇外，還首次以「外一章」的形式刊載了一個小故事。這個小故事雖然與偵探推理沒甚麼關係，但愛麗絲如何利用蘋果來令小兔子破涕為笑呢？這個懸疑和偵探故事中的懸疑差不多，都要讀者來「破案」。

第15集《近視眼殺人兇手》

這一集故事看來雖然好像很簡單，卻是柯南‧道爾如何創作推理故事的一次精彩示範。由金絲眼鏡到花園小徑；由遺言到小櫥的匙孔；由走廊到書櫃，每一處都佈滿了可供讀者推敲的線索，細心閱讀的話會非常有趣。由於推理過程太精彩和太嚴謹了，我也沒有必要作出太大的改動，只是在開首和結尾加插了「羊皮紙」那一段情節，以凸顯福爾摩斯的人情味。──福爾摩斯拿着的羊皮紙是案中關鍵。

作者的話

第16集《奪命的結晶》

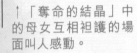

本集收錄了三個原創短篇。它們的緣起都很簡單，「麵包的秘密」來自一個兒童遊樂場；「數字的秘密」來自一條IQ題的數式；「奪命的結晶」則來自一宗真實案件和一種叫「蒼耳」的植物。當中，我最喜歡的是「奪命的結晶」。

↑「奪命的結晶」中的母女互相袒護的場面叫人感動。

第17集《史上最強的女敵手》

本集中，由於艾琳這個女角身份曖昧（最近的電影版把她當成福爾摩斯的女朋友），令柯南‧道爾的這個故事在眾多短篇中別樹一幟。

所以，我在改編時也特別在她的身份上做文章。法國俠盜羅蘋，就是這樣跑出來的。

第 18 集《逃獄大追捕》

書中描述的其中一個逃獄方法，是真人真事，發生在北海道，是《北海道旅遊全攻略》的作者鄭兆臻先生告訴我的。以布碎來逃獄的方法，則是我原創的。至於切薄餅的妙法，其實來自一個小魔術，《兒童的科學》也有介紹。

↑馬奇的越獄方法特別，連福爾摩斯也推斷錯誤呢！

第 19 集《瀕死的大偵探》

原著是一個謀財害命的故事，只有一個疑犯和一個受害人，着眼點是如何證明疑犯殺人而已。我覺得故事太簡單了，於是把疑犯和受害人都各增至三人，以製造更大的懸疑效果。此外，我對殺人動機的描述與原著也不一樣。

←福爾摩斯在查案中途也卧病在床了？

第 20 集《西部大決鬥》

這是個「後傳」式的故事，是特別為紀念第20集的出版而寫的，背景與之前的19集都不同。此外，落筆時受到一位聾啞小學生的啟發，於是在故事中加進了一位善良又勇敢的聾啞少女，希望引起讀者對弱勢社羣的關注。

第 21 集《蜜蜂謀殺案》

本集收錄了兩個短篇故事，「分身」的意念來自一張在香港科學館拍的照片，後來我也去過該館玩過這個視覺上的小遊戲，確實很有趣。「蜜蜂謀殺案」則來自一篇分析養蜂業的經濟論文，講的是養蜂業與種植業唇齒相依的關係。雖然，這兩個短篇都沒有殺人放火之類的嚴重罪案，我自己倒是頗喜歡這兩個小故事的。

↑案中的蜜蜂成了被害者，但殺蜂者卻另有目的。

第22集《連環失蹤大探案》

美國有一部很著名的電影叫《大白鯊》，片中指一些人為了自己和小鎮的利益，竟不顧泳客的生死，刻意隱瞞海中出現了吃人的大白鯊！我改編這個故事時得到《大白鯊》的啟發，於是把「集體隱瞞」的意念加進故事當中，希望可以凸顯集體犯罪的可怕。

第23集《幽靈的哭泣》

以小孩子擔當這麼重要的角色還是第一次，下筆時投放了特別多能量。所以，這個故事曾入選十大作品第1位，我也特別高興。故事的基本意念其實來自黎妙雪導演，說不定她在不久的將來會把這個故事拍成一部電影呢！

←小克為了報仇，竟欲開槍殺死兇手！

第24集《女明星謀殺案》

↑馬車墜落懸崖，是意外還是……？

我曾在電影公司工作，寫過一些電影劇本，對電影的拍攝現場也有一點認識，所以寫這個故事可謂駕輕就熟，沒有甚麼困難。但真正落筆卻是因為看到一張控制車輛超速的公路照片。這張照片令我眼前一亮（感覺就像福爾摩斯在兇案現場發現證據一樣），故事情節就如放電影般在腦海中一幕一幕地浮現。有時創作就是這樣，只需要一個「觸發點」，遇上這個「觸發點」後，很快就可以寫出一個有趣的故事來了。

第25集《指紋會說話》

以前的小學通常都分上下午班，我小時唸上午班，如放學時遺下書本或文具，一般來說，下午班的同學都會把東西交給老師保管，很少人順手牽羊。不過，有時也真的會有同學拾遺不報，但要查出誰拿了並不容易。這一集的故事就是源於這種幼時的記憶。此外，據一些讀者向我反映，《大偵探福爾摩斯》是熱門的失竊書，放在桌上或抽屜內的書會無故失蹤。這也是我寫這個故事的原因之一，希望那些偷書人看到這個故事後不再偷書。當然，擁有《大偵探福爾摩斯》的讀者如能與沒錢買書的同學分享，就更圓滿了。

第26集《米字旗殺人事件》

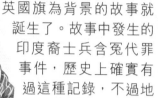

這故事的意念來自一個數學遊戲，而遊戲中又會顯示出「米」字的形狀。這個以英國旗為背景的故事就誕生了。故事中發生的印度裔士兵含冤代罪事件，歷史上確實有過這種記錄，不過地點不是阿富汗，而是中國。

——情況危急，福爾摩斯要將炸彈拆掉，但原來……！

第27集《空中的悲劇》

有一次在乘搭地鐵時，看到一個馬戲團來香港表演的廣告，覺得把馬戲團放到福爾摩斯的案子中也頗有趣，就馬上構思了這個故事，並從中插入物理學上的「擺的法則」，來解釋空中飛人如何遇險。

第 28 集《兇手的倒影》

這個故事改編自柯南・道爾的原著，但也作了大幅改動，把他在原著中提到的被竊物全部加上新的意義。而且在改編的過程中，我發現為了自圓其說，原來可以刺激思考，想出連自己也大吃一驚的點子！

↑在死者身上找出的被竊物究竟有何含意？

第 29 集《美麗的兇器》

↓福爾摩斯在這集表演了一手厲害的搖搖特技。

這是一個與公害有關的故事，在這個系列中，我還是第一次寫這種題材。故事的緣起是電影《愛麗絲夢遊仙境》中的「瘋帽子」（尊尼・特普飾演），為了查為甚麼叫「瘋帽子」，查着查着，這個故事就在腦袋中成形了。當然，這個故事與《愛麗絲夢遊仙境》是完全無關的。

第30集《無聲的呼喚》

本集的點子來自一種算乘數的方法，整個構思過程有點像《米字旗殺人事件》——從一個數學遊戲變成一個故事。不過，這次的主角是個有點自閉的小女孩，她不會說話，只能用玩遊戲的方式去揭露誰是兇手。這，就是整個故事的亮點所在，相信不單小孩子，大人看了也會覺得很有趣呢。

第31集《沉默的母親》

一天在報紙上看到一條很短的新聞，說墨西哥在70年代有很多黑醫院，孕婦生了孩子之後，醫院的護士會說寶寶夭折了，然後把寶寶賣掉賺

↑委託人史托對一種糖果的味道印象深刻，成為福爾摩斯查案的重要線索。

錢。後來我再查了一下，知道英國以前也有這種情況，但發生在專門收留未婚媽媽的修道院。就是這樣，一個兒子尋母的故事誕生了。

第32集《逃獄大追捕 II》

第18集《逃獄大追捕》當中的父女情仍有相當大的發展空間，我心中一直就想寫一個續篇，但寫續篇得找到一個有

說服力的逃獄方法。後來，看到一則新聞，馬上解決了逃獄的問題，就寫成了這個故事。不過，我自己更沾沾自喜的，倒是福爾摩斯發現刀疤熊藏參地點的過程，因為，這比找到逃獄方法更有原創性。

第33集《野性的報復》

這是繼《美麗的兇器》後，又一個關於公害的故事。這個故事的格局小一點，但帶出的問題都一樣——人們製造環境污染，到頭來還是害了自己。此外，本集中還有一個短篇叫「隔空移物」，它的點子來自一個科學小實驗，福爾摩斯只是略施小計，就利用這個小實驗破解了一宗盜竊案。

一植物標本成了福爾摩斯破案的重要提示。

第 34 集《美味的殺意》

這是一個關於食物的故事，創作的衝動來自接二連三出現的黑心食品。其實，自英國工業革命以後，黑心食品就一直存在，也從未消失過。所以，這個故事寫的雖然是 19 世紀末的英國，但只要把人物設定和時代背景改一改，把整個故事搬到 21 世紀的今天，相信也完全可以成立。

←故事中的大頭嬰疾患風波就是由劣質奶引發的。

第 35 集《速度的魔咒》

在找尋創作題材時，剛好有一個國際性的大型運動會舉行，又看到一些報道與禁藥有關。於是，就上網搜尋了一下相關的資料，不看不知道，一看才知運動史的光輝背後，往往也有一段不光彩的禁藥史。就是這樣，一個與運動有關的偵探故事就誕生了。

第 13 集《吸血鬼之謎》長期高踞於此系列暢銷榜的榜首，出版社一直想我寫一個續篇，但苦無合適的題材，只能把這個提議擱在腦海的角落，一

↑ 在基地出現的神秘老人令眾人大吃一驚！

直沒動筆。有一天，在翻看書架上的電影書籍時，一部電影的名字突然闖入眼中，剎那間，一個新的吸血鬼故事馬上在腦袋中浮現！那部作品名叫《楢山節考》，在日本曾兩度拍成電影，而且兩部都是不朽傑作。

第 37 集《太陽的證詞》

這個系列曾涉及物理、數學、化學、醫學和一些植物學的知識，卻從沒涉及天文學。所以，當想到如何把日食與一宗兇殺案結合起來時，自己也興奮了好幾天呢！當然，為了把故事寫得有趣，還得馬上買一堆與日食有關的書籍和雜誌惡補了幾個星期。

一日環食是這故事破案的焦點。

第38集《幽靈的哭泣 Ⅱ》

第23集《幽靈的哭泣》其實與「哭泣」（聲音）無關，反而與「光與顏色」有關。這一集把「聲音」放進故事裏，看來更切合故事的名字。相信小讀者們看完這一集後，除了會對福爾摩斯利用聲音來破案感到驚訝外，一定也會對「聲音」加深了認識。

↑福爾摩斯手上的書破解了案中聲音的謎團。

特別版 死亡遊戲

這是一個關於「金屬」的故事。在附有金屬探測器的限量版中（已絕版），書中除了附送一個匙扣外，還設計了一些機關，讀者必須使用金屬探測器才能破解箇中謎團，相當好玩。不過，由於故事比較短，所以我寫了很多與「金屬」有關的小知識附於書後。

←福爾摩斯利用M博士給予的線索，限時破解這個「死亡遊戲」！

❧厲河老師最詳盡訪談❧

01 厲河老師,可否先介紹一下你自己?例如在大學唸甚麼?曾做過甚麼工作?

我自小就喜歡文學和電影,去東京留學時,考進了法政大學唸日本文學。畢業回港後,文學工作難找,很自然地就找了份與電影有關的工作。幹了幾年後,發覺自己的電影知識不太足夠,又剛好儲夠了錢,於是跑去紐約大學唸電影。

但唸完回港後,香港電影業陷入了低潮,在陰差陽錯下,進入了出版界工作,一直幹到現在。不過,我一向都有幹翻譯的工作,譯過很多日本電影的字幕,又譯過日本童書,文字工作早已是生活的一部分。此外,也有寫電影和電視劇本,但產量不多。創作《大偵探福爾摩斯》則是 2009 年後的事。

—厲河老師是本片編劇之一,影片曾入選威尼斯電影節競逐金獅獎。

02 你為甚麼會想到創作給兒童看的偵探小說?為甚麼會選擇改編柯南·道爾的福爾摩斯系列?

↑厲河老師首部原創作品。

在 2008 至 2009 年間,我翻譯了一套日本童書,覺得很好玩。後來因為某些因素中止了翻譯,就想到不如自己來寫。就是這樣,開始寫起兒童偵探小說來了。選擇這個類型,主要是因為我自己喜歡看推理小說,對這個類型很熟悉。

找柯南·道爾的福爾摩斯來改編,一來是很喜歡福爾摩斯這個人物,二來是初次執筆沒有太大信心,想通過改編來學習寫偵探小說的方法。改編了十幾集後,建立了信心,就動手寫自己原創的故事了。

03 你為甚麼會把福爾摩斯裏面的人物全部變成動物？

原因很簡單，因為坊間已有很多福爾摩斯的改編版，我改編的話，必須有自己的特色，所以就想到以動物擬人化的手法改編，把故事中的人物全部變成動物。此外，我覺得小朋友大都喜歡動物，這個改法會引起他們的注意。

04 很多人都改編過福爾摩斯的故事，你改編時會特別注意甚麼地方？

把原著中華生的第一身敍述改為第三身，即以全知觀點來講故事。這樣的話，故事推進會靈活得多。不過，為了保留原著的特色，我會盡量用華生的視點去推進劇情。

此外，因為是寫給小朋友看，血腥的場面要減至最少，如有一具屍體背後插了刀，繪圖時，就要調整角度，讓讀者看不到傷口。或者，用遠景表達，把屍體縮細，甚至用 Q 版或黑影表達。

還有，就是增加搞笑場面，設計了蘇格蘭場孖寶和小兔子等角色，在沉重的劇情中帶出輕鬆惹笑的一面。

當然，保持原著的精神非常重要，怎樣改也不能偏離這個原則。

←用遠景顯示死人場面，減少血腥。

作者訪談

05

你除了改編柯南‧道爾的故事外，還借用福爾摩斯和華生等人物，寫了 20 多個加入了科學元素的原創故事？緣起是怎樣的？

　　由於我的改編版福爾摩斯很受歡迎，加上自己已有信心寫原創故事了。於是，就在著名科普月刊《兒童的科學》上開始連載福爾摩斯的故事。

　　由於那是本科學雜誌，沒有科學的話就説不通了。我應編輯部要求，在故事中加進了科學元素，讓讀者們看完一個故事，還可以學到一點科學知識。

→《大偵探福爾摩斯》在《兒童的科學》上連載。

06

你哪來這麼多靈感創作故事？如何想出一連串的案件？

　　寫作靈感隨處可拾，有時看報紙、看書、看電視節目、看朋友在 facebook 分享的資訊，甚至在街上碰到一些事物，都可以刺激我的腦袋，變成創作的靈感，寫出一個偵探故事來。例如第 12 集《智救李大猩》中水瓶燈泡的故事，意念就來自網上的一段廣告片。當然，準備隨時捕捉靈感是很重要的，否則看到有趣的東西也會被它們逃掉。

　　所以，平時要看很多不同類型的書，特別是有關科學和犯罪的書，當眼前出現有趣的事物時，就可以馬上刺激思考，變成靈感了。即是説，靈感不是從天上掉下來的，它們就像美麗的昆蟲，你想捕捉它們，得早早準備好一張名叫「知識」的網，一遇上，就可以張開網來捕捉。沒有「知識」，是不可能有靈感的。如果你也想多些寫作的靈感，就要看多一些課外讀物，不論科學、歷史、文學，甚至數學的書也有用，看多了，靈感就會自自然然地出現了。

←這個場面的靈感來自一段廣告片。

07 你的故事很有電影感，是否與你曾翻譯電影字幕和當過電影編劇有關？

是的，應該有很大關係。我翻譯了差不多 100 部日本電影，有很多還是經典名片，如黑澤明的《七俠四義》、《用心棒》和《蜘蛛巢城》等等。在翻譯的過程中掌握了不少編寫電影劇本的方法，後來，自己又寫過劇本，很自然就會把當中的手法用到小説的創作上來。

其實，我在創作時腦袋裏大都有畫面的，可能是這個緣故，讀者閱讀時，也彷彿像看電影那樣，把文字變成了影像。當然，書中的插圖也幫助了讀者的想像。

08 現在很多人都把時間放在上網和看手機上，看書的人愈來愈少，但很多小學生都在看這套書，你認為這套書甚麼地方吸引着他們？

簡單來説，就是故事要有很強的懸疑性，只要小朋友看完開首的幾頁，甚至開首的幾行，他們已有追看下去的衝動，就能吸引住他們，不怕電影、電視劇或電子遊戲的競爭了。

此外，故事也要有「情」，如朋友之情、母子之情、父女之情等等，或者主角是個很有人情味的人等等，故事就會顯得有血有肉，令讀者看後感動，就能吸引他繼續看你的書了。

大家都知道周星馳的電影很受歡迎，注意力都集中在他的搞笑上，其實，他每一部電影都很重視「情」的，因為有「情」的故事，才能令人看完後感到滿足。

一鷹河先生認為情感描寫也很重要。圖片引用自第 14 集《縱火犯與女巫》。

09 很多父母認為學習最重要是學好課本、考好試，並以為看偵探小說是浪費時間，對功課沒甚麼幫助。你對這些看法有何見解？

功課當然重要，但看課外書也很重要。我認為看偵探小說絕不會浪費時間，因為，在閱讀的過程中，可以增強語文的表達能力，又可從破案的過程中學習邏輯推理，訓練自己的邏輯思維。

而且，我在創作這個系列時，也很注重描寫人物的情感，希望小朋友在閱讀的過程中，感受到出場人物的悲與喜，建立出正義感和同理心。

10 寫出好文章（作文）有甚麼秘訣？

其實沒有甚麼秘訣，最重要的是平時多閱讀好的文章，讀得多，自然就會慢慢學懂寫文章的方法。然後，還要常常寫，寫得多，也自然就會慢慢進步了。

此外，抄寫好的文章也是一個好方法。如果你看到一篇很喜歡的文章或小說的一個段落，你可以用筆抄一遍，在抄的過程中，你會學到更多東西，例如那個作者寫那篇文章的手法和用詞等等。

但好文章不僅是技巧好就行，還要有內容、有思想、有感情，這些全看你自己個人的修養。這就和彈鋼琴一樣，有些家長以為要子女練得一手好指法就行，其實那是不足夠的，如果小朋友沒有豐富的思想和感情，最多只能成為一個熟練的機械人，不會成為一個好的音樂家。

11 在這套書中，你把一些成語和重要的詞語改成不同的顏色，為甚麼這樣做？

首先，是為了令讀者對那些成語和詞語留下印象，讓他們注意到運用的手法。其次，這跟插圖的作用一樣，是想令版面活潑一些，引起小朋友的閱讀興趣。

12 成語、生字及修辭技巧的運用是否很重要？

是很重要的。但也不必刻意去運用，當你看得多、寫得多之後，那些成語和生字就會自自然然跑出來了。我在寫《大偵探福爾摩斯》時，從來沒想過應該用甚麼生字和成語的，一下筆，它們就自動跑出來了。當然，寫完初稿後，也要經過多次修改才行。

13 怎樣令文章變得生動？

答案和上一條問題一樣，首要是多閱讀多寫。此外，投入也很重要，寫得投入就會生動起來。如果自己也不投入，讀者也很難投入和覺得生動了。

14 最後有甚麼想跟大家說說？

想引用一位老師的說話作結。他打了個比喻，說測驗考試就像秤豬，但不論秤多少次豬，豬也不會肥，你只會知道牠有多重。而閱讀就像養豬，不斷閱讀，等於不斷吸收營養，豬就會肥起來了。所以，在提高語文能力方面，測驗考試雖然不可無，但平時的閱讀更重要，才會真正令語文的能力提高。

故事科學

　　若想破解棘手的奇案，除了要有精明的頭腦和細心的觀察外，還需具備豐富的科學知識。在《大偵探福爾摩斯》內，究竟福爾摩斯利用了哪些科學知識破案呢？

第 16 集《奪命的結晶》
科學鬥智短篇「麵包的秘密」

物

力學

第 27 集
《空中的悲劇》

第 18 集
《逃獄大追捕》

物質三態

第 21 集
《蜜蜂謀殺案》
科學鬥智短篇
「蜜蜂謀殺案」

機械

第 32 集《逃獄大追捕 II》

第 33 集《野性的報復》
科學鬥智短篇「隔空移物」

第 23 集
《幽靈的哭泣》

故事的科學知識概覽

知識概覽

第 12 集
《智救李大猩》
科學鬥智短篇
「誰是兇手？」

第 21 集
《蜜蜂謀殺案》
科學鬥智短篇
「分身」

第 30 集《無聲的呼喚》

光學

第 23 集《幽靈的哭泣》

第 28 集《兇手的倒影》

聲學

第 38 集
《幽靈的哭泣 II》

理

電磁學

特別版《死亡遊戲》

❶ 激發線圈中的電流改變產生磁場。

激發線圈

拾取線圈

❹ 拾取線圈
產生電流。

❺
蜂鳴器發聲。

❸ 感應電流形成
另一個磁場。

❷ 磁場令硬幣中
形成感應電流。

金屬硬幣

金屬硬幣

第 20 集
《西部大決鬥》

第 21 集
《蜜蜂謀殺案》
科學鬥智短篇
「蜜蜂謀殺案」

第 24 集
《女明星
謀殺案》

第 38 集
《幽靈的哭泣 II》

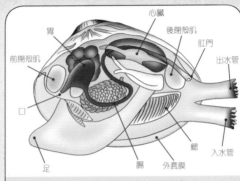

心臟
胃
後閉殼肌
肛門
出水管
前閉殼肌
口
足
腸
外套膜
鰓
入水管

第 31 集《沉默的母親》

動物

生物

植物

↑牽牛花的蔓莖向上盤旋的方向。

第 21 集《蜜蜂謀殺案》
科學鬥智短篇
「分身」、「蜜蜂謀殺案」

第 33 集
《野性的報復》
科學鬥智短篇
「野性的報復」

第 16 集
《奪命的結晶》
科學鬥智短篇
「奪命的結晶」

第 36 集
《吸血鬼
之謎 II》

故事的科學知識概覽

第 18 集
《逃獄大追捕》

第 19 集
《瀕死的大偵探》

第 33 集
《野性的報復》
科學鬥智短篇
「野性的報復」

元素 /
化合物

第 29 集《美麗的兇器》

特別版
《死亡遊戲》

化學

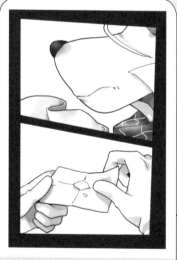

第 27 集
《空中的悲劇》

藥物

第 16 集《奪命的結晶》
科學鬥智短篇「奪命的結晶」

第 35 集
《速度的魔咒》

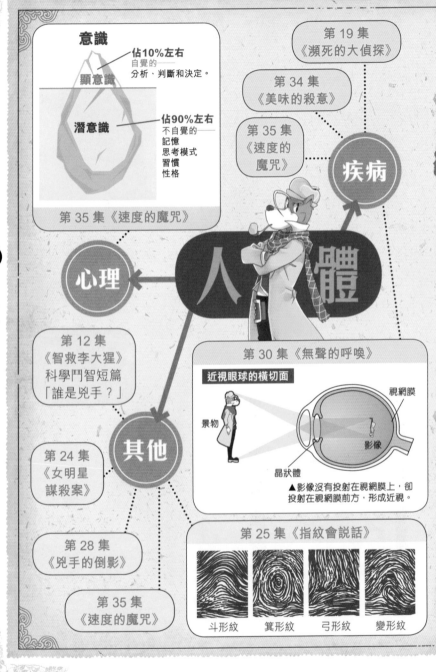

意識

佔10%左右
自覺的——
分析、判斷和決定。

顯意識

潛意識

佔90%左右
不自覺的——
記憶
思考模式
習慣
性格

第 35 集《速度的魔咒》

第 19 集
《瀕死的大偵探》

第 34 集
《美味的殺意》

第 35 集
《速度的
魔咒》

疾病

心理

人體

第 12 集
《智救李大猩》
科學鬥智短篇
「誰是兇手？」

第 24 集
《女明星
謀殺案》

其他

第 28 集
《兇手的倒影》

第 35 集
《速度的魔咒》

第 30 集《無聲的呼喚》

近視眼球的橫切面

視網膜

景物

影像

晶狀體

▲影像沒有投射在視網膜上，卻
投射在視網膜前方，形成近視。

第 25 集《指紋會說話》

斗形紋　　箕形紋　　弓形紋　　變形紋

故事的科學知識概覽

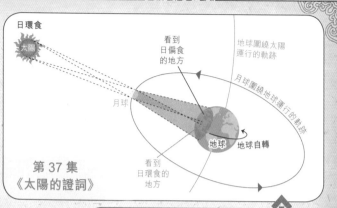

日環食

太陽

看到
日偏食
的地方

地球圍繞太陽
運行的軌跡

月球圍繞地球運行的軌跡

月球

地球

地球自轉

第 37 集
《太陽的證詞》

看到
日環食的
地方

第 16 集《奪命的結晶》
科學鬥智短篇「麵包的秘密」

第 20 集《西部大決鬥》

圓周？

full moon on Mar. 14

—— 15 ——

字條

< 15 >

直徑

天文

數學

第 16 集
《奪命的結晶》
科學鬥智短篇
「數字的碎片」

第 26 集
《米字旗
殺人事件》

第 30 集
《無聲的呼喚》

故事的科學知識概覽

第 23 集
《幽靈的哭泣》

第 37 集《太陽的證詞》

地理
其他

密碼

第 20 集
《西部
大決鬥》

博弈論

第 33 集
《野性的報復》
科學鬥智短篇
「囚徒的困境」

第 34 集
《美味的殺意》

食物

第 31 集《沉默的母親》

用煙焙乾魚肉的水分

霉菌

用霉菌吸走餘下的水分

福爾摩斯展回顧

《大偵探福爾摩斯》曾於荃灣荃新天地舉辦主題展覽，當中更設有偵探遊戲，讓參觀者親自破解謎案！

↑主題展人山人海，熱鬧非常！

案發現場大搜證

↑大人小朋友都投入破案遊戲，誓要找出擄走小兔子的2名犯人。

獵鹿帽工作坊

←小朋友即場製作獵鹿帽，還有填色遊戲。

←完成後可立即戴上！

↑還可以跟1比1大小的福爾摩斯合照。

↑小偵探們多雀躍地圍着福爾摩斯哥哥查看答案！

與厲河老師會面

作者厲河老師不單為展覽帶來自家珍藏，還舉辦了一場簽名交流會。

↑還要訪遍4個神秘地點才能破解所有謎題哦。

只要參與展覽的遊戲，就能獲得獨家限量精品，非常珍貴！

大偵探的精品

《大偵探福爾摩斯》推出過不少精品,你全數集齊了嗎?

便條紙
Memo Pad

八達通套
Travel Card Holder

立體情景
Paper Model

紙扇
Paper Fan

魔術牌
Magic Cards

文件夾
Plastic File

書籤
Bookmark

迷你記事簿
Mini Notebook

證件套
Name Card Holder

偵探札記
Detective Notebook

實用書籤尺
Bookmark Ruler

功課簿
Exercise Book

功課袋
Plastic Bag

大偵探的精品

科學鑑證套裝
Detective Tools

望遠鏡套裝
Binocular

金屬探測器套裝
Metal Detector

直立式毛公仔
Standing Doll

大偵探的精品

Q版毛公仔
Cute Doll

聖誕明信片
Christmas Postcard

迷你車紙模型
Paper Folding Car

福爾摩斯推理棋
Detective Chess

福爾摩斯活動門牌

所需材料
雪條棍 58 條
p.123、125 紙樣
繩子 1 條
幼砂紙
美工刀
萬能膠水
膠紙

製作難度：★★★☆☆
製作時間：1 小時

想把福爾摩斯的房子掛在你家門前嗎？用雪條棍砌一砌就可以實現願望！

1 如圖量度及裁切雪條棍，紅線為下刀位置。

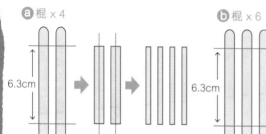

a 棍 × 4

6.3cm

b 棍 × 6

6.3cm

c 棍 × 6

9.5cm

d 棍 × 2

3cm

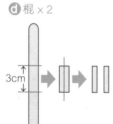

* 裁切時注意安全，須由家長陪同。

2 用砂紙輕磨裁切位置，使它不刮手和易於黏貼。

3 將 19 條雪條棍逐條貼在紙樣上。

上半部

下半部

完成後正面的樣子，做法如下：

上半部棍面塗膠水，貼在紙樣背面。

121

下半部無需紙樣，只需黏合 5 條雪條棍。

④ 背面貼上 4 條雪條棍。

⑤ 如圖貼上步驟①的 ⓐ 棍。

每邊 2 條。

⑥ 3 條 ⓑ 棍黏成 1 塊，如圖貼在 ⓐ 棍上。

⑦ 底下貼上 2 條雪條棍。

⑧ 將 7 條雪條棍貼在下半部紙樣的背面。

背面。

加膠紙固定。

正面。

⑨ 下半部的木塊貼在 ⓑ 棍上。

側面　正面

ⓑ　木塊

⑩ 如圖位置貼上雪條棍，再在另 1 條雪條棍貼上橫紋紙樣，並貼在第 1 層雪條棍上方。

各 3 條雪條棍的距離

有兩層雪條棍

⑪ 將 6 條 ⓒ 棍黏成 2 個木塊，放進橫棍間的空隙，貼上 ⓓ 棍。

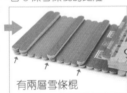

只有兩端塗膠水。

測試木塊是否可隨意抽出和放入。

⑫ 木塊正面貼上貓，背面貼上窗子。

▲正面

▲背面

⑬ 貼上最後 2 條已貼直紋紙樣的雪條棍。

⑭ 繫上繩子，方便懸掛。

也可自由繪畫不同的狀態換上！

完成！

可放置明信片或問候卡。

沿實線剪下

塗漿糊處

請勿打擾

直紋

上半部

小手工

221B
SHERLOCK
HOLMES

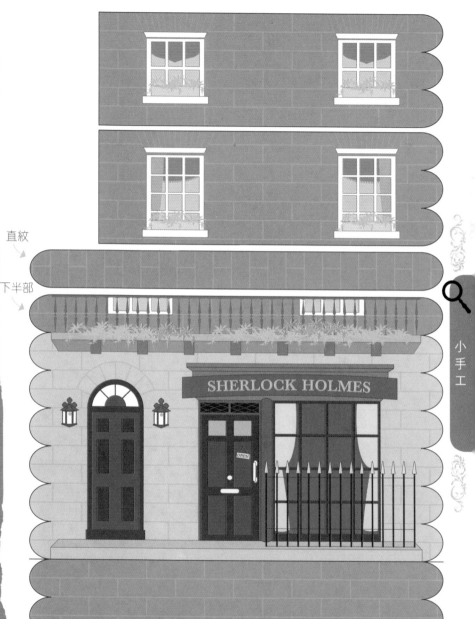

直紋

下半部

横紋

大偵探
福爾摩斯
資料大全

監修 / 厲河　　　繪畫 / 余遠鍠、李少棠

封面設計 / 葉承志　　內文設計 / 葉承志、麥國龍、徐國聲

編撰 / 厲河、陳秉坤、盧冠麟、郭天寶

出版
匯識教育有限公司
香港柴灣祥利街9號祥利工業大廈2樓A室

承印
天虹印刷有限公司
香港九龍新蒲崗大有街26-28號3-4樓

發行
同德書報有限公司
九龍官塘大業街34號楊耀松（第五）工業大廈地下
電話：(852)3551 3388　　傳真：(852)3551 3300

第一次印刷發行
第五次印刷發行

2017年7月
2020年12月
翻印必究

ISBN:978-988-77861-1-5
港幣定價 HK$60
台幣定價 NT$270

想看《大偵探福爾摩斯》的最新消息或發表你的意見，請登入以下facebook專頁網址。
www.facebook.com/great.holmes

若發現本書缺頁或破損，請致電25158787與本社聯絡。

網上選購方便快捷　購滿$100郵費全免　詳情請登網址 www.rightman.net